Delphine de Vigan est également l'auteur de *No et moi* (Prix des libraires 2008 et révélation LIRE roman français), *Un soir de décembre* (prix Saint-Valentin 2006), et *Les Jolis Garçons*, tous parus aux Éditions Lattès. Elle a récemment cosigné, avec Anna Rozen, Philippe Jaenada et Serge Joncour, *Sous le manteau*, un recueil de cartes postales datant des années folles (Flammarion) et participé au recueil de nouvelles *Mots pour Maux* (Gallimard).

Jours
sans faim

Delphine de Vigan

Jours sans faim

ROMAN

© Éditions Grasset & Fasquelle, 2001
© Éditions J'ai lu pour la présente édition, 2009

à Daniel

C'était quelque chose en dehors d'elle qu'elle ne savait pas nommer. Une énergie silencieuse qui l'aveuglait et régissait ses journées. Une forme de défonce aussi, de destruction.

Cela s'était fait progressivement. Pour en arriver là. Sans qu'elle s'en rende vraiment compte. Sans qu'elle puisse aller contre. Elle se souvient du regard des gens, de la peur dans leurs yeux. Elle se souvient de ce sentiment de puissance, qui repoussait toujours plus loin les limites du jeûne et de la souffrance. Les genoux qui se cognent, des journées entières sans s'asseoir. En manque, le corps vole au-dessus des trottoirs. Plus tard, les chutes dans la rue, dans le métro, et l'insomnie qui accompagne la faim qu'on ne sait plus reconnaître.

Et puis le froid est entré en elle, inimaginable. Ce froid qui lui disait qu'elle était arrivée au bout et qu'il fallait choisir entre vivre ou mourir.

1

C'est à cause du froid qu'elle a accepté le rendez-vous. La première fois, quand il l'a appelée. Une voix inconnue, nasillarde, lui proposait de l'aide, un soir d'automne, un soir comme tous les autres : enchaîné au radiateur. À cause du froid mais pas seulement. Elle a commencé par refuser. De quoi je me mêle. Il a posé quelques questions sur son état physique, il n'a pas demandé combien elle pesait, ni combien elle mangeait. Non. Plutôt des questions de connaisseur, d'expert même, précises, directes, pour évaluer le degré d'urgence. Tant qu'elle se prêtait au jeu, il gagnait du temps. Ce temps qu'elle n'avait plus à perdre, ce temps ténu, tendu contre la mort comme une dernière virgule, fragile.

Il lui a dit ça avant tout le reste, qu'il ne restait plus beaucoup de temps. Elle a senti qu'il savait quelque chose de la solitude aussi, de l'enfermement. Tandis qu'il parlait, questionnait, elle torturait du bout des doigts le fil du combiné. Elle avait enfilé quelques minutes plus tôt un troisième pull, elle s'était roulée en boule – si tant est qu'on pût encore faire une boule de ses os pointus –, elle répondait sans réfléchir, comme elle aurait récité une fable apprise depuis longtemps, sans y penser. Elle voulait seulement rester polie.

Il a dit il est trop tard, vous n'en sortirez pas seule, je peux vous aider, venez me voir à ma consultation, mercredi, je vous attendrai. Elle a cherché des yeux ses cigarettes. Elle n'a pas eu la force de décoller son dos du radiateur pour attraper le paquet posé devant elle.

Pour la première fois quelqu'un criait pour qu'elle se retourne, quelqu'un l'appelait, qui savait nommer cette souffrance, la souffrance de son corps. Pour la première fois quelqu'un venait la chercher là où les autres ne pouvaient pas, n'avaient plus la force.
Il lui demandait, lui ordonnait de venir. Il savait que tout se jouait dans ce premier contact. Elle imaginait l'appréhension qu'il avait eue, peut-être, en composant le numéro. Elle entendait, dans les inflexions de sa voix, la peur d'échouer et cette volonté brutale aussi qu'il avait de la convaincre.

Elle a raccroché. Elle est restée là longtemps, prostrée. De quoi je me mêle, quand même.

Le mercredi, elle a pris le métro jusqu'à l'hôpital. Elle pouvait à peine marcher. Elle est entrée dans le bureau, elle s'est assise en face de lui. Elle n'avait rien à dire, elle était vide, vidée de tout. Il a posé quelques questions, pour la forme, et puis il l'a presque suppliée, j'ai une chambre pour vous, vous ne pouvez pas repartir dans cet état. Elle a refusé. Il cherchait des mots pour la retenir. Ses mains étaient posées sur son bureau, ces petites mains qu'un jour il ferait glisser sur sa peau transparente.

C'était trop tôt, malgré ce temps qu'elle n'avait plus. Il a dit tant qu'on ne ramasse pas les gens dans la rue, on ne peut pas les obliger. Elle a refermé la porte derrière elle, vacillante, elle a repris le métro sans une larme à verser.

Elle est revenue le mercredi suivant, et le suivant encore. Elle a traversé tout Paris pour le voir. À l'hôpital, elle a suivi jusqu'à la consultation la ligne verte qui se dérobait sous ses pieds. Le long des couloirs, elle ne pouvait plus entendre le frôlement de son pas hésitant. Elle attendait au premier étage devant son bureau en se tordant les doigts. Elle ignorait pour quelle raison au juste elle était là, si ce n'était cette intuition confuse qu'elle pourrait un jour y déposer son corps vidé.

Un matin elle a senti que le froid était parvenu jusqu'au bout des membres, dans les ongles, dans les cheveux. Elle a composé le numéro de l'hôpital, elle a demandé à lui parler.
La mort battait dans son ventre, elle pouvait la toucher.

C'était il y a longtemps. Il lui a sauvé la vie. Quand on les écrit, ces mots paraissent boursouflés, mais c'est ainsi. Encore aujourd'hui, malgré ces années passées et ce goût de vivre qu'elle a retrouvé, elle dit ça quand elle en parle : il m'a sauvé la vie.

2

Dans le silence de l'après-midi, la porte s'est refermée. Elle s'est allongée. Pour la première fois depuis des semaines, des larmes sortent de son corps de pierre, ce corps épuisé qui vient de capituler. Elle pleure ce soulagement confus qui la livre tout entière entre leurs mains. Les larmes brûlent les paupières. Un sac d'os sur un lit d'hôpital, voilà ce qu'elle est. Voilà tout. Les yeux sont agrandis et cerclés de noir, sous les pommettes aiguës les joues s'enfoncent, comme aspirées de l'intérieur. Autour des lèvres un duvet brun recouvre la peau. Dans les veines apparentes, le sang bat trop lentement.

Elle grelotte. Malgré le collant de laine et le col roulé. Le froid est à l'intérieur, ce froid qui l'empêche de rester immobile. Une emprise qui ressemble à la mort, elle le sait, la mort en elle comme un bloc de glace.

Le néon ronronne mais elle n'entend que sa propre respiration. Sa tête résonne de ce souffle régulier, amplifié, obsédant. Parce qu'elle est devenue presque sourde, bouffée de l'intérieur à force de ne rien bouffer.

Elle s'est levée pour fermer le store orange qu'elle fait glisser le long de la fenêtre. La lumière jaune colle aux murs pâles. Elle fait l'inventaire du décor : un lit, une grande table, un néon, une chaise, une petite table sur roulettes, dont on peut régler la hauteur, deux placards intégrés, un plafonnier, une arrivée d'oxygène, une sonnette d'appel. Derrière une porte étroite, on trouve les toilettes et le lavabo. La douche est à l'extérieur.

Dehors la nuit tombe et on apporte déjà le premier plateau-repas. Sous le couvercle d'aluminium, un steak haché trop cuit voisine avec quelques haricots plus très verts, faites un effort même si c'est difficile. Elle mâche consciencieusement. Elle pourrait mâcher pendant des heures, s'il ne s'agissait que de ça, remplir la bouche de salive, ballotter les aliments d'un côté, de l'autre, broyer sans fin cette bouillie dont le goût s'estompe peu à peu. Le problème, c'est de déglutir. Déjà une boule s'est coincée dans son ventre qui fait mal. Le temps est immobile. Il faudra réapprendre à manger, à vivre aussi. L'aide-soignante est revenue, elle soulève le couvercle reposé sur l'assiette, c'est bien pour le premier jour, vous allez réussir à dormir ?
Le sommeil l'emporte en bloc pour une fois. Entre les draps tendus et lisses, il suffit de fermer les yeux.

Dans l'armoire elle a voulu ranger quelques affaires, mais elle a du mal à rester debout. Ses jambes ne la portent plus. Plus comme avant, quand elle engloutissait des kilomètres le ventre vide et qu'elle montait les escaliers comme d'autres enfoncent des aiguilles dans leurs veines. Elle a vidé ce corps de sa vie, elle est allée jusqu'au bout, au bout de ses forces. Elle doit s'asseoir. Du douzième étage, elle regarde le périphérique. Ils sont venus prendre son sang. Ce qu'il en reste. Un liquide orange qu'on a peine à extraire. Avec le pouce et l'index, on peut faire le tour de son bras. Il faudra renoncer à ça aussi. La maigreur comme un cri. L'infirmière presse plus fort sur les veines, sans perdre patience. Elle dit comment peut-on en arriver là ? Ce n'est pas un reproche, juste une question qu'on se pose à voix haute. Sa voix vibre d'une compassion hésitante. Sous la blouse, on devine de vrais seins qui se soulèvent au rythme de sa respiration. Elle appuie sur les veines avec le pouce, elle soupire, toute à sa tâche, emplit les flacons un à un. Au quatrième, elle capitule. Ça devrait suffire. Sinon, on recommencera plus tard. Dans la chambre N° 1 de l'unité Ouest, le silence donne le vertige. Demain, quelqu'un viendra brancher la télévision. Demain, on lui apportera des livres, des journaux, du tricot. Une nouvelle vie s'organisera, une vie immobile pour faire du gras.

Trente-cinq degrés de température, huit de tension, aménorrhée, dérèglement du système pileux, escarres, ralentissement du pouls et de la pression sanguine, nous avons là tous les signes de la dénutrition.

Debout au pied du lit, il n'est pas peu fier. Regardez bien, mesdames et messieurs, au douzième étage de cet hôpital bientôt célèbre, s'est échoué hier soir un squelette de trente-six kilos pour un mètre soixante-quinze. À ce jour son plus beau rapport poids/taille. Face à lui, en rang serré, dans leur blouse immaculée, ils se poussent du coude et jettent des yeux incrédules à la fiche accrochée au pied du lit. On s'étonne que la patiente ne soit pas arrivée dans le coma. Tout à l'heure on posera la sonde entérale. Le mot claque dans l'oreille et se prolonge comme une sirène d'ambulance. Ils ont refermé la porte derrière eux, mais de l'autre côté il achève son commentaire. Elle n'entend pas ce qu'il dit, juste cette note nasale qui caractérise sa voix.

Debout, elle perd l'équilibre. Assise, elle a mal aux fesses. Allongée aussi. Les os lui transpercent la peau, sa peau comme du papier mâché, sèche et grise sur la carcasse. C'est vrai, comment peut-on en arriver là ? Couverte comme un oignon, elle attend.

Le tuyau est emballé dans un sachet stérile. Il dit n'ayez pas peur c'est juste un peu désagréable, on le rentre par le nez, quand il passe dans la gorge il faut déglutir. Après, on fera une radio pour vérifier que la sonde est bien placée dans l'estomac. Il faut juste avaler. Avaler. De retour dans sa chambre, elle se regarde dans la glace. Du serpent il ne reste qu'un bout de plastique transparent qui sort de la narine droite. Maintenu par un sparadrap sur la joue, il passe derrière l'oreille et pendouille bêtement à hauteur d'épaule.

Vous raccorderez vous-même l'embout à la machine, toute la nuit et au minimum quatre heures dans la journée. La nutripompe ressemble à une grosse cafetière électrique. Ils sont venus l'installer sur la table, à côté de son lit. Si ça fait mal au ventre, on peut réduire la vitesse. Les infirmières viendront verser les flacons dans le réservoir plusieurs fois par jour et purger l'appareil. Un flacon, puis deux, puis trois… jusqu'à cinq par jour, en fonction de sa prise de poids. Le liquide descend ainsi jusqu'à la sortie de l'estomac. Tout au fond, des fois qu'il lui viendrait à l'idée de faire le chemin en sens inverse. Des calories par centaines, prédigérées, préassimilées, des vraies, des sournoises contre lesquelles on ne peut pas lutter. Il dit que c'est la seule solution. Parce qu'elle est allée trop loin et que le corps ne peut plus y arriver tout seul. Il dit qu'au bout de quelques heures on oublie le tuyau dans le nez et le bruit de la machine. Il dit qu'il faut aussi réapprendre à manger et qu'une diététicienne viendra faire un bilan et lui attribuer des suppléments.

Pour l'instant, elle se tord comme un ver sur son lit. Le tuyau gigote le long de l'œsophage. Elle sent chaque goutte libérée par la machine, elle sent qu'elle gonfle à vue d'œil. À l'écoute obsessionnelle de son ventre, elle ne respire plus. Quelques centaines de millilitres d'angoisse envahissent son corps en ronronnant. Elle panique, elle suffoque, elle sanglote. Ils sont venus à deux pour essayer de la calmer. Elle dit ce n'est pas possible, je n'y arriverai pas, je veux partir, tant pis si j'en crève.

Il s'approche d'elle. Tout près, avec précaution. Comme il pousserait du doigt un animal blessé. Pour voir ce qu'il reste à en tirer. Elle sait qu'il ne cédera pas. Il a les traits tirés et l'air de quelqu'un qui aimerait bien rentrer chez lui. Bien au chaud dans sa blouse, cette arrogance des gens bien portants. Sur le lit il a posé sa main près de la sienne, il tente de lui faire comprendre qu'il faut sortir de là, qu'elle n'a plus le choix des armes. Il l'enveloppe avec des mots, il étreint cette angoisse qui la submerge, il lui tient tête, fort de toute cette confiance qu'il a pour elle, de cette vie d'après qu'il est seul à entrevoir. À court d'arguments quand tous les autres n'ont pas su arrêter ses sanglots, il ponctue son discours d'un « merde » convaincu. Un gros mot qui résume tout le reste, tout ce qui a été dit, l'urgence et l'évidence mêmes du propos. La peur s'évapore. Elle n'est plus tout à fait seule à se battre contre elle-même. La nuit est tombée. Elle attend l'improbable sommeil.

Ce soir elle pense à Louise. Sa sœur immense, immensément sœur, à jamais. Louise seule avec eux, contre eux. Louise seule et lucide. Ce soir elle pense à Louise et elle voudrait ne jamais en être arrivée là, ne jamais avoir failli, sentir sa petite main dans la sienne, comme avant, sur le quai de la gare du Nord, toutes les deux, soudées pour toujours.

Anorexique. Ça commence comme anorak, mais ça finit en hic. Dix pour cent en meurent à ce qu'il paraît. Par inadvertance peut-être. Sans s'en rendre compte. De solitude, sûrement. Elle y pense parfois. Elle ne pouvait pas continuer comme ça, à cause du froid surtout, de la fatigue aussi. Elle est épuisée. Elle sait maintenant qu'à ce poids on ne peut pas vivre.

Elle a capitulé pour quelques kilos, pour conjurer le péril, pour pouvoir tenir, survivre c'est tout. Mais elle n'a pas renoncé. Elle ne veut pas perdre le contrôle. La vie d'avant n'est qu'un souvenir anesthésié et la vie d'après se chuchote comme une promesse impossible. Elle ne veut pas guérir parce qu'elle ne sait pas comment exister autrement qu'à travers cette maladie qui l'a choisie, cette maladie dont on parle dans les journaux et les colloques, une quête aveugle et obscure qu'elle partage avec d'autres, complices anonymes et titubantes d'un crime silencieux perpétré contre soi. Il faudra du temps pour comprendre pourquoi elle en est arrivée là. Pour l'instant, elle s'est repliée sur ce trou noir qu'elle a dans le ventre et qui l'aspire de l'intérieur. Le corps a pris le dessus, le corps en manque, réduit comme peau de chagrin, nié jusque dans son existence, il occupe maintenant le devant de la scène – le paradoxe ne lui a pas échappé – à bout de souffle, il s'insurge contre toute cette maltraitance qu'on lui inflige depuis des semaines, il se débat. Tout occupée à cette béance, elle ne sent plus rien d'autre, elle ne pense plus.

Plus tard elle comprendra qu'elle cherchait ça entre autres choses, détruire son corps pour ne plus rien percevoir du dehors, ne plus rien ressentir d'autre dans sa chair et dans son ventre que la faim. Il faudra du temps pour refaire le chemin à l'envers, remonter le plus loin possible en arrière, jusqu'aux premiers dégoûts, aux premiers aliments virés du frigo, sans préavis, remonter plus loin encore, quand il faudra sortir de nulle part ces blessures intactes conservées en chambre froide, pour tenter d'expliquer la construction ou le choix de son symptôme. Dans le désordre souvent, il faudra extraire avec précaution ces souvenirs entreposés comme des cochons égorgés, suspendus par les pieds, leur peau maculée de sang séché, il faudra lutter pour ne pas faire marche arrière, à cause de l'odeur de pourriture qui les étreint et qui empêche qu'on s'y attarde trop longtemps.

Pour l'instant elle sent juste une chose : elle voulait leur faire mal, les blesser dans leur chair, les détruire peut-être. Son père et sa mère. Qu'ils ne s'en tirent pas comme ça. Toxiques tous les deux. Mais maintenant elle sait aussi que cela ne changera rien, qu'elle peut leur balancer en pleine gueule son corps décharné comme une insulte, et tout ce dégoût qu'elle a d'eux, elle sait que cela peut durer encore longtemps, qu'elle y laissera sa peau sans qu'ils accusent réception. C'est un bon point de départ. Une fois admise la vacuité de la démarche, on se sent déjà un peu mieux, l'amertume se dissipe peu à peu dans la bouche. L'avenir se lit alors sur une balance : quinze kilos impensables, inimaginables, quinze kilos à prendre pour pouvoir sortir de cet hôpital de quinze étages où elle a choisi de remettre le couvert. Les ascenseurs soulèvent le cœur et les escaliers l'appellent.

Tad est venue la voir. Ni fleurs, ni bonbons. Juste cet air du dehors qui émanait de ses vêtements. Elle avait les joues roses des premiers froids. D'un regard rapide elle a embrassé la chambre, tu es bien installée. Elle s'est penchée sur la nutripompe, avec l'air de quelqu'un qui se demande comment ça marche. Elle est comme ça, Tad, elle se demande toujours comment ça marche. Et si ça fait mal, un truc pareil dans le nez. Elle a dit tu as l'air mieux, quand même. Tu sais, il commence à faire froid dehors. Ils annoncent une grosse grève de métro pour la semaine prochaine, on va encore galérer pendant trois jours. Il paraît que Nadine a rencontré un mec. Si, si, je t'assure. Et Mona a fini par céder aux avances de Patrick, à force, il l'aura eue à l'usure. Remarque, maintenant, c'est elle qui est carrément accro. Ils vont partir ensemble en Afrique. Elle a rempli la pièce de petites anecdotes distrayantes. Le temps filait entre ses mains tendues. Elle n'a pas posé de questions superflues. Juste son sourire et sa voix. Quand elle a enfilé son manteau, il faisait nuit.

Devant la porte de l'ascenseur, Tad la serre dans ses bras. Tu me raccompagnes en bas ? Douze étages la séparent de la terre ferme. Du bitume. Elle hésite. Après tout, il n'est écrit nulle part que c'est interdit. Au rez-de-chaussée de la tour, la boutique de cadeaux s'éteint tout juste. Des visiteurs cherchent leur chemin en levant la tête, comme s'ils pouvaient voir, à travers les étages, la totalité des chambres empilées au-dessus d'eux. Quelques robes de chambre agitent le mouchoir. Au-delà des baies vitrées, l'air de la nuit caresse les visages de ceux qui ne font pas peur. Il suffit d'avancer, de poser un pied sur le tapis de caoutchouc, les portes s'ouvrent toutes seules. Elle aspire à pleins poumons, se remplit du bruit lointain de la rue. Le courant d'air caresse sa peau et soulève ses cheveux. Elle pourrait s'avancer encore un peu, descendre le long de la rampe de béton, continuer en fermant les yeux. Elle pourrait marcher droit devant elle, traverser le boulevard Ney, prendre l'avenue de Saint-Ouen, marcher jusqu'à l'engourdissement, jusqu'à l'ivresse. Mais déjà l'angoisse la gagne. Dehors, elle perd pied, dehors elle est un danger pour elle-même.

Tad l'a embrassée. Tiens le coup, il faut que tu répares la machine. Elle l'a regardée s'éloigner dans la nuit. Elle est retournée vers les ascenseurs. Le goût est revenu d'un seul coup dans sa bouche, elle l'avait oublié comme le reste, la douceur du chocolat blanc à la noix de coco qu'elles volaient souvent, juste une tablette glissée dans la salopette, en sortant du collège. Chez Tad, elles installaient le goûter sur la table basse du salon, faisaient tiédir un peu de lait, cassaient le chocolat en morceaux, sortaient les croissants du sachet, fidèles à ce rituel qui les liait encore à l'enfance sucrée qu'elles sentaient fondre au palais, et dont il ne resterait bientôt que quelques miettes, au fond d'un papier d'argent. Quand les parents de Tad sortaient le soir, elles mettaient les combinaisons en nylon et les pantalons de satin de sa mère, les chaussures à talons hauts, elles fumaient des cigarettes imaginaires et se dandinaient dans des soirées mondaines qui n'en finissaient pas. Elles guettaient le bruit des voitures, de l'ascenseur, prêtes à remballer à la première alerte, se déshabiller, tout remettre dans le placard, se glisser sous la couette, fermer les yeux.

Il s'agit maintenant de faire l'état des lieux. Constater l'ampleur des dégâts. Il est venu de bon matin pour lui expliquer le déroulement de la « vidange gastrique ». Elle ne manque pas de lui faire remarquer toute la poésie contenue dans cette terminologie. Il sourit, mais il poursuit. L'examen, indolore, consiste à faire avaler au patient, ou ce qu'il en reste, une omelette radioactive. L'objectif est de voir si l'estomac, dont la taille n'excède pas celui d'un bébé de six mois, fonctionne normalement. Oui, même si les bébés ne mangent pas d'omelette. Cette dernière rappelle curieusement celle de la cantine, mais le verre d'eau qui l'accompagne, teinté de rouge lui aussi, est beaucoup plus facile à avaler. Toutes les demi-heures, on prend un cliché. Cela permet de mesurer le temps nécessaire à l'estomac, atrophié par des semaines de jeûne, pour assimiler le liquide et le solide.

Un après-midi entier pour digérer deux œufs, ça occupe.

Demain on lui fera avaler six pastilles de plastique, également visibles aux rayons X, que l'on suivra par une radiographie quotidienne dans leur parcours intestinal, jalonné d'embûches et de menaces paresseuses, jusqu'à leur évacuation dans les selles.

Il la regarde rire. Elle rirait plus fort si elle n'était pas si maigre, si faible en fait. Elle pense à tout ce qu'elle pourrait avaler, une pantoufle, une fourchette, un porte-savon, à tous ces objets incongrus, « visibles aux rayons X », qu'elle pourrait entreposer à l'intérieur de son corps, pour l'étonner ou lui faire peur et qu'il découvrirait chaque matin, en approchant les radios de la lumière blanche.

En remontant dans sa chambre, elle passe devant le salon de repos. Une jeune femme, renversée sur un fauteuil de skaï, attend. Elle fume une cigarette. Elle l'appelle, elle se lève. Ses mains noueuses cherchent un appui. Fatia est une anorexique récidiviste. Ses joues sont gonflées par plusieurs semaines de sonde. Sous sa chemise de nuit souffre un ventre rond comme un ballon de foot. Au bout du couloir, elle guette une oreille hospitalière. Cinq flacons par jour, gémit-elle à qui veut bien l'entendre. Elle se plaint qu'elle est tellement ballonnée qu'elle ne peut plus rien avaler. Elle demande qu'on la raccompagne dans sa chambre. Elle s'installe sur le lit, rebranche la sonde. Son ventre gargouille.

C'est tout ce qu'elle voulait. Que quelqu'un assiste à ce rituel barbare, que quelqu'un soit le témoin de sa douleur. Elle dit tu peux me laisser, maintenant, ça va aller.

Devant la porte, le chariot est déjà là. Les aides-soignantes servent les repas en discutant. Il est à peine 18 heures. Franchement comment voulez-vous – d'un point de vue purement physiologique – avoir faim à cette heure ? Elle balancerait bien le plateau à travers la pièce et pleurerait volontiers toutes les larmes de son corps, mais les sanglots coupent l'appétit. Elle s'installe en tailleur sur son lit et fait glisser la table jusqu'à elle. Elle inspire profondément et soulève le couvercle.

3

Dans un service de nutrition, il y a des gros, des maigres, des dénutris, des détraqués du bide, des écorchés de l'intestin, des diabétiques. Des-qui-bouffent-trop, des-qui-vomissent, des-qui-n'arrivent-plus-à-avaler. Au bout du couloir, le salon de repos accueille les fumeurs et les esseulés. On papote, on s'étonne, on compare. On guette les claquettes de la surveillante qui fait les gros yeux quand on passe trop de temps à discuter. Ça fatigue. Ça consomme des calories. La cigarette aussi.

Sa mère est venue. Elle la regarde manger. Son visage n'exprime rien, ni la victoire ni le soulagement. Elle s'est assise sur la chaise et elle attend. Elle ne parle pas. Depuis des années sa mère ne parle plus. Quelques mots par jour, triés sur le volet, oui, non, au revoir, à demain. Quand sa mère part, elle la reconduit jusqu'à l'ascenseur. Un signe de la main, quand les portes se referment. Trois mètres cinquante de promenade, ça creuse. De retour dans sa chambre, elle avale le camembert. Et puis elle remplit la bouillotte pour soulager la douleur. Dans une heure, elle rebranchera la sonde. L'opération ne requiert aucune compétence technique ou médicale, mais une bonne dose d'abandon. Il suffit d'enfoncer l'embout du tuyau qui lui sort du nez dans celui de la nutripompe et d'appuyer sur le bouton marche/arrêt. Un jeu d'enfant.

Sur Canal plus, le soir, elle regarde le Maxitête. Il faut deviner qui se cache derrière ces morceaux bizarrement rassemblés : un œil de Michel Drucker, un autre de Sheila, le nez de Denise Fabre, la bouche de Rika Zaraï, le menton de Pierre Desproges. Elle respire profondément en attendant le dîner. Avant chaque repas cette même appréhension, le ventre se noue déjà, il faut manger, encore manger. Le petit déjeuner s'annonce vers 8 heures, le déjeuner à midi – midi et demi quand la visite des médecins s'attarde un peu –, le goûter toujours après le thermomètre. Plus pénible encore, le dîner débarque généralement à 19 heures, 18 heures le samedi et le dimanche. Sa chambre n'est pas loin de l'ascenseur de service, d'où surgit trois fois par jour l'inévitable chariot rempli des repas de l'étage. La tortue, comme ils disent. La tortue, on l'entend venir de loin. Au bruit des plateaux qui se cognent et des roues qui grincent. Elle s'arrête devant sa chambre. Déjà les effluves de purée mousseline et de poisson pané s'engouffrent par la porte ouverte. Elle est la première servie. Toujours la dernière à finir. C'est à peine croyable le temps qu'il lui faut pour bouffer trois carottes râpées. On vient pour reprendre le plateau. Au retour, la tortue s'impatiente. On l'attend au sous-sol pour nettoyer tout ça. Vous avez mangé le poisson au moins ? Gardez la cuillère pour finir plus tard, on la reprendra demain, ce n'est pas grave, il ne faut pas vous décourager, prenez votre temps. Posés sur la table de nuit, dans leur petite barquette de plastique, le gouda et la pâtisserie attendent leur heure.

À certains égards, la chambre N° 1 présente de réels avantages. D'abord, il n'y a qu'un lit. Ensuite, elle fait face à la douche collective, un point de vue appréciable quand il s'agit de guetter chaque matin, la serviette sur l'épaule et le savon à la main, le moment où celle-ci se libère. Par rapport au salon-repos, la chambre N° 1 est située à l'autre bout du couloir, ce qui justifie un certain nombre d'allées et venues, une chance, autant de promenades au-dessus de tout soupçon, non pas pour dépenser de l'énergie, quelques calories par-ci, par-là, pas du tout, juste pour rencontrer âme qui vive ou fumer une cigarette. Mais cette situation comporte aussi quelques inconvénients. Outre la proximité du bureau de la surveillante, l'heure des repas est facilement avancée de dix, voire quinze minutes, si l'on prend comme point de comparaison les chambres situées de l'autre côté de l'unité. Ce qui pourrait représenter un avantage pour certains – elle les imagine souvent, impatients derrière leur porte, l'oreille tendue et les narines frémissantes – constitue pour elle une torture supplémentaire. Dix minutes de répit qui lui sont volées à chaque repas, dix minutes durant lesquelles, si elle n'était pas la première servie, elle pourrait mieux encore savourer le temps qu'il lui reste avant d'avoir à remplir son ventre de ces barquettes plus ou moins choisies.

Elle a accepté les termes du contrat. On ne jette pas de nourriture dans les toilettes, on ne la refile pas aux copains, on ne prend pas de laxatif, on ne vomit pas après les repas. C'est un contrat de confiance. Elle lui a dit je ne vomis pas, sauf par accident, c'est un principe. Enfant, elle ne pouvait pas monter dans une voiture sans dégueuler. Il fallait s'arrêter sur le bord de la route, plusieurs fois, elle se souvient de son corps penché en avant, de cette boule qui soulève la langue juste avant que l'estomac se contracte, elle garde dans la bouche et à l'intérieur des lèvres la sensation aigre de la salive et des aliments décomposés. Parfois même ça sortait par les trous de nez. Elle se souvient des Kleenex pour nettoyer le visage, de l'eau qu'il fallait boire pour rincer la bouche, de l'odeur tenace dans la voiture.

Elle ne s'est jamais fait vomir. Elle a cessé de manger. C'était plus simple. C'est tout.

« Vous êtes nouvelle ? Je sais, je vous ai vue arriver lundi. Franchement, à ce point-là, je n'ai jamais vu ça. Il y a une autre jeune fille comme vous, enfin vous voyez ce que je veux dire... Et puis une femme aussi, un peu plus âgée que vous. Vous l'avez déjà vue ? Et vous avez eu des courgettes ce soir ? Elles avaient un goût bizarre vous n'avez pas trouvé ? Moi, je dis ça, mais vous savez du moment que ça se mange, je ne fais pas la difficile. Dites-moi, c'est votre maman qui est venue vous voir hier ? Elle a l'air jeune. Combien ? Trente-neuf ans ? Ah oui, dites donc. Je dois dire que c'est assez mystérieux cette maladie que vous avez. Si on peut appeler ça une maladie d'ailleurs... Si j'avais un enfant comme ça, j'aurais vite fait de le mater, je peux vous dire, enfin bon, je n'ai pas d'enfant, mais quand même... Vous, vous refusez la nourriture tandis que moi je ne demande qu'à profiter de la vie. Enfin, ce n'est pas pareil, je n'ai jamais eu de problèmes de nerfs, c'est le physique qui ne suit pas. Un problème de foie. Enfin, il y a autre chose. Moi, je trouve que votre maman elle a un drôle d'air aussi... assez malsain. Vous savez, moi je pense qu'elle se drogue, il y a quelque chose comme ça de très reconnaissable. Il y a une autre dame aussi qui vient vous voir, quelqu'un de votre famille aussi. Ah, vous voyez, mon intuition ne me trompe jamais. Enfin, on voit bien que ce n'est pas le même problème. »

Dans sa robe de chambre en laine polaire bleu roi, elle a l'air d'un poupon en celluloïd. Elle lisse ses cheveux gras en partant du sommet du crâne. Elle a le visage brillant et les pores dilatés. Elle poursuit.

« Il paraît que vous avez des suppléments ? Ah bon, mais quel genre ? Des entremets ? Un pain aux raisins ? C'est vraiment injuste. Vous cherchez à vous détruire et moi je ne demande qu'à vivre… Enfin bon, c'est pas tout ça, à chaque jour suffit sa peine, moi, je vais me coucher. Un esprit sain dans un corps sain, comme dit le proverbe ! J'ai remarqué à plusieurs reprises que votre chambre restait allumée tardivement. Vous êtes insomniaque alors aussi ? Non ? Bon, allez, je vous laisse. À demain. »

La bleue a regagné ses appartements en traînant ses mules à pompons. Fin du premier round. L'hôpital est un concentré d'humanité, dit-on. De retour dans sa chambre, pour la première fois depuis qu'elle est arrivée, elle a repris le cahier d'écolier. Sur les lignes quadrillées, elle écrit : Connasse. Grosse. Commère.

Elle peut avoir le téléphone, lire des livres et des journaux, regarder la télé. Ici, ce n'est pas une monnaie d'échange. En hôpital psychiatrique, les anorexiques sont enfermées entre quatre murs blancs avec un lit et une chaise pour seule compagnie. Les distractions font l'objet d'un contrat : pour deux kilos, un livre, pour trois kilos, un bloc de papier et un stylo. Les visites sont autorisées en fonction de la prise de poids.

Elle aurait fait la grève de la faim. Supprimé le peu qu'il restait. Elle n'aurait pas pu accepter ça, cette violence encore, pour faire plier sa carcasse.

Elle se souvient de ce médecin qu'elle a vu quelques mois plus tôt, quand elle a commencé à tomber dans la rue. Il avait répété, fermement, il faut venir à l'hôpital. Vous n'avez pas besoin de mourir pour renaître. Mais de cet hôpital elle connaissait déjà l'odeur. Elle y était venue en visite pour voir sa mère, elle était venue la chercher aussi, pour l'emmener en permission. Sa mère internée. Sur les traces de sa mère, ça jamais.

Vous n'avez pas besoin de mourir pour renaître. Elle avait écrit ces mots quand elle était rentrée chez elle. Ces mots ensuite avaient fait leur chemin.

Au point mousse, le tricot avance vite. Les aiguilles occupent les mains et obligent le corps à l'immobilité. À la radio, elle écoute de la musique. Celle qui lui rappelle qu'elle a dix-neuf ans et qu'elle aime danser. Qu'elle a été autre chose qu'un squelette tout juste bon pour la foire du Trône. Qu'elle était amoureuse de Pierre. Que sa peau était douce à caresser.

Il dit la priorité c'est assurer la renutrition. Dans l'altération de l'état nutritionnel, on observe un certain nombre de phénomènes qui renforcent l'anorexie. Dénutri, le corps éprouve de moins en moins la sensation de faim. À l'intérieur, les muscles ne font plus leur boulot. Le cerveau n'est plus alimenté. Il faut restaurer les fonctions. Il dit qu'elle doit commencer par grossir, avant tout, pour être capable de sentir à quel point elle est maigre. Elle doit manger pour se rendre compte qu'elle est capable de vaincre cette angoisse et qu'elle peut vivre autrement que dans le manque. Il dit se battre contre soi pour comprendre un jour qu'on se bat pour soi. L'expérience prouve qu'au-delà d'un certain poids le risque de rechute est faible. Il lui parle d'égal à égal, comme à une complice de longue date, il expose sa stratégie, son plan de bataille, ils complotent en quelque sorte, elle n'a qu'à se laisser faire, pour faire front avec lui, pour étouffer ce monstre en elle qui l'engloutit.

Elle aime bien cet épi qu'il a souvent au-dessus de la tête, qui lui donne l'air de tomber du lit. Elle aime ses incisives, cassées en biais, qui trahissent peut-être l'enfant terrible qui sommeille encore en lui. Elle aime sa voix, sa distance, cette autorité douce qu'il exerce avec modération. Elle a mis sa vie entre ses mains. Elle respecte la règle du jeu. Elle mâche consciencieusement ce qu'on lui donne. Presque tout. Elle avale sans hurler l'angoisse qui accompagne chaque bouchée. Elle note sur le carnet alimentaire ce qu'elle mange à chaque repas. La colonne des additions n'est pas prévue. Mentalement, elle compte les calories absorbées à l'issue de chaque journée. La sonde impose l'impossible, l'inacceptable, des calories par centaines, insidieuses, une liqueur saturée distillée goutte à goutte dans son ventre meurtri. Mais la sonde n'est associée à aucun geste, aucun goût, aucun plaisir. La sonde ne crée pas de dépendance. Elle fait le sale boulot, presque en silence.

Elle voudrait lui dire combien elle a peur de cette habitude qu'elle reprend malgré elle : manger. Sans cesse, elle tente de se rassurer, se répète qu'elle peut tout arrêter, qu'elle n'a pas perdu le contrôle. Au-delà des compromis murmurés du bout des lèvres et des capitulations dont elle n'a pas encore conscience, elle cherche ça avant tout : garder le contrôle. Le risque de dépendance vient de ce qu'elle absorbe par la bouche. Elle avale chaque morceau en se disant qu'elle pourrait aussi bien ne pas le faire, que sa volonté est entière. Elle cherche la preuve de sa puissance intacte, j'arrête quand je veux, quand j'aurai repris des forces, juste de quoi survivre. Je repartirai dans les rues, je boufferai du trottoir à en perdre conscience. Elle mange pour sauver son corps, parce qu'elle ne veut pas mourir. Elle connaît maintenant de source scientifique le seuil en dessous duquel elle est en danger. Il suffit d'arriver jusque-là et de se maintenir à ce poids, un pied dans l'assiette, un pied dans la poubelle. Le souvenir de l'ivresse est encore si proche, cette ivresse du jeûne qui l'appelle parfois.

Quand elle sent son corps anesthésié qui se remet à battre, quand elle se regarde dans la glace, elle ne sait pas encore qu'il est déjà trop tard.

Qu'il la tient entre ses mains.

Que parfois la vie peut recommencer.

Dans le couloir elle a rencontré Corinne. Le même tuyau sort du nez et se balance doucement. Le sourire est timide, la robe de chambre cache à peine la maigreur du corps. Elles se sont regardées, elles n'ont rien dit.

Tous les jours ou presque, on vient prendre son sang. Chaque matin l'infirmière pose sur la table les flacons de Renutryl dont elle verse la moitié dans la machine. Elle reviendra dans l'après-midi pour verser le reste. La ration quotidienne. Par transparence, on peut regarder descendre le niveau du réservoir. Petit à petit. L'engin ronronne. Elle tricote. Elle écrit, un peu. Elle n'arrive pas encore à lire. Il y a longtemps qu'elle ne lit plus. Elle qui dévorait les livres, des journées entières, bercée par le bruit de la pluie sur le toit d'ardoise.

Le soir, elle veille tard. La nuit apporte le silence. Après le repas, le chariot des médicaments fait son dernier tour. Les portes se referment. Les néons s'éteignent. Le long du couloir, les veilleuses de sécurité s'allument. Avant de rebrancher la sonde, on peut aller fumer une cigarette. Du douzième, la vue est belle. Dans l'obscurité, les lumières de la ville brillent comme mille bougies plantées sur un gâteau d'anniversaire, comme autant de promesses vacillantes.

Deux fois par semaine, c'est la pesée. On les appelle, on frappe à la porte. En robe de chambre, en caleçon, en pyjama, ils sortent un par un, toujours un peu anxieux, jettent des regards autour pour vérifier que les murs n'ont pas d'oreilles gourmandes. La balance de l'étage est posée juste devant sa porte. C'est l'heure de vérité. Entre les doigts de l'infirmière, les poids glissent sur la tare jusqu'à trouver l'équilibre. Le résultat est toujours annoncé à voix haute.

Cent trente kilos ! De son lit, elle n'a pu s'empêcher de tendre le cou pour voir le spécimen. Des palmiers blancs s'étirent sur un peignoir kimono bleu. En silence, tête baissée, il descend de la balance, enfile les tongs laissées sur le lino brillant.

4

« Chou rouge, œuf mimosa ou saucisson à l'ail ? Langue de bœuf, steak au poivre ou jambon ? Pommes vapeur, haricots verts ou ratatouille ? » Chaque matin, on vient faire le menu. L'aide-soignante prend commande dans les chambres et perfore avec application le carton rectangulaire qui passera dans la machine.

Mais l'ordinateur manifeste parfois quelques signes de faiblesse. Ou de lassitude. Il suffit d'une perforation de trop. On attendait de la daurade au four et les saucisses baignent dans leur graisse. Le découragement. La colère. Elle n'est pas loin de jeter le manche, l'assiette et les couverts, le bébé, l'eau du bain, tout, quoi merde. J'avais demandé du poisson et des haricots et c'est une saucisse avec des frites, comment voulez-vous que j'y arrive ? Les sanglots soulèvent le corps. Je n'en peux plus de ce tuyau dans le nez, je n'en peux plus de toute cette bouffe, des jus de fruits, des compotes, des viennoiseries, je veux rentrer chez moi, je n'y arriverai jamais.

Il est entré dans la chambre. Elle pleure encore, elle qui n'avait plus de larmes. Il s'approche d'elle. Si près qu'elle croit sentir la chaleur de son corps. Elle sait bien ce qu'il va lui dire. Qu'il faut s'accrocher, que la vie est ailleurs. Mais il parle bas, il commence à raconter une histoire. Il était une fois une petite fille qui lisait toute la journée, perchée dans les arbres. Un jour on l'appelle pour dîner, elle ne veut plus descendre. La nuit tombe, mais elle n'a pas peur. Au loin on entend le tonnerre, au loin des éclairs déchirent un ciel clair. C'est l'histoire d'une petite fille en équilibre sur une branche, qui ne mange plus rien d'autre que des livres.

Il invente pour elle, il hésite un peu, dans le choix des mots, parce que les mots pèsent parfois trop lourd.

La petite fille reste là, des jours et des jours, on l'appelle, on la supplie, on apporte des échelles et des escabeaux, on lui promet des rubans et des pianos, on lui promet la lune.

Il raconte sans la regarder, il cherche en lui-même la magie des histoires d'un soir, la douceur perdue de l'enfance. Elle attend. Elle pleure en silence.

C'est l'histoire d'une petite fille qui mâche du papier, des pages et des pages. Bientôt, tout son corps devient gris, la pluie laisse des traces d'encre sur sa peau. Bientôt, elle rétrécit, elle devient toute petite, fine comme un parchemin usé, comme une feuille d'or peut-être. Les échelles et les escabeaux sont rangés. Sur sa branche on la laisse disparaître. On pleure en silence, à l'intérieur, au coin du feu, on pleure la petite fille qu'elle était, en chair et en sucre, on pleure la petite fille perdue qui n'en finit pas de fondre, accrochée à un arbre, on ne sait pas comment elle trouve encore la force. Un soir, l'orage éclate et remplit ce silence. Les branches plient sous la colère du vent. Une colère gigantesque, comme on n'en avait jamais vu. Au matin, la petite fille n'est plus là. Sur l'arbre elle a laissé un mot, griffonné sur un bout de papier. Un mot qu'on ne peut pas lire.

Il s'est arrêté. Elle cherche le sens de l'histoire. Elle pleure de plus belle.

Il dit la vie est dehors, Laure, la vie, la vie.
Quelque chose a bougé au fond d'elle. Le corps s'apaise.

Elle s'appelle Laure, elle n'est qu'un morceau de papier mâché, usé, au creux de sa paume à lui comme une pépite de vie.

Devant elle, une assiette froide. Pourquoi en être arrivée là ? Dans le miroir, elle se regardait sans se voir, se félicitait des cernes, de la maigreur comme d'une victoire. Le corps qui se creuse et semble pouvoir se creuser sans fin. Elle ne pouvait imaginer la souffrance qui l'attendait, quand il ne resterait rien d'autre à ronger que son âme. Elle n'avait besoin de rien, elle ne dépendait de rien, elle n'était qu'un concentré de particules, toujours en mouvement, quelques grains de poussière virevoltant dans un filet de lumière. Maintenant c'est déjà différent. Comme si elle recouvrait la vue. Petit à petit, le voile se lève et elle réalise ce qu'elle a fait d'elle. Elle voit cet être sans sexe et sans âge qui la regarde, la peau plissée et les dents grises.

Depuis quand les médecins racontent-ils des histoires...
Laure, la vie, la vie.

Son père est passé la voir à l'hôpital pour lui offrir un « mélange télé » de chez Bahlsen. Amandes, raisins secs, noisettes, cacahuètes, serrés dans un petit paquet doré. Elle écrit ça après son départ, il m'a apporté des cacahuètes. Mais sur le papier la phrase est indécente, tellement énorme qu'elle a peine à y croire. C'est pourtant vrai. L'écriture n'y peut rien. Un jour il l'avait appelée, plusieurs semaines avant son hospitalisation, pour lui expliquer que ce n'était plus possible, qu'il ne pouvait plus. Parce qu'il avait l'impression de voir les Éthiopiens à la télé, il ne manque plus que les mouches. Il était fatigué, miné, tu comprends. À bout de forces. Toute cette souffrance que les enfants vous infligent. L'anorexie mentale révèle un problème relationnel avec la mère, une inversion des rôles, on lit ça dans tous les magazines féminins, tu comprends, avec la mère. Alors à quoi bon s'infliger un tel spectacle ? Mais il n'a pas pu résister. Il est venu voir le fauve en cage ; ça valait quand même le détour. Les gémissements d'une vieille ont eu raison de sa bravoure. Au douzième, il n'y a pas que des squelettes indomptables et des baleines affamées, il y a des vieux qui meurent, aussi. On ne sait plus très bien où les mettre, tu sais. Tu t'en vas déjà ?

Après son départ elle écrit sa révolte en quelques mots, à toute vitesse sur le cahier. Oui, elle avait les yeux démesurément agrandis, cerclés de noir, les bras comme des allumettes, la peau tirée à ne plus pouvoir sourire. Oui, c'est vrai, elle n'entendait plus, et pouvait à peine parler. Elle titubait, s'étalait dans la rue, elle ne pouvait même plus plier les jambes. Oui, elle pelait de froid à en crever et perdait ses cheveux par poignées. Oui, c'était du gâchis, un vrai gâchis, comme on dirait donner de la confiture aux cochons. Oui, mais elle était sa fille.

Laure écrit. Le matin, souvent. Elle écrit cette femme dans sa robe de chambre polaire, furetante et malveillante, qu'elle a surnommée « la bleue », et les autres, ses compagnons de climatisation. Elle retranscrit des conversations, des anecdotes, des petits faits sans importance qu'elle observe quand elle traîne dans les couloirs, ou de son lit, quand la porte est ouverte.

Le mari de Fatia vient la voir tous les soirs. Il apporte des dattes, des gâteaux aux amandes, des cheveux d'ange. Fatia est venue dans la chambre de Laure pour lui présenter son mari. Il serre la main de Laure. Il baisse les yeux. Fatia est contente de lui montrer quelqu'un comme elle, une façon de lui dire qu'elle n'est pas la seule, que ça arrive à des gens très bien. Ils discutent un peu de l'émission de variétés qui est passée sur TF1 la veille, qu'elles ont regardée dans la chambre de Laure, qu'il a vue aussi, avec des danseuses qui remuent des fesses derrière les chanteurs.

Il dit en voilà des vraies femmes, avec tout ce qu'il faut. Il rigole.

Les repas se succèdent et se ressemblent. Chacun demande calme et préparation psychologique. Le plus petit agacement, la moindre contrariété rendent l'épreuve plus douloureuse. Pourtant, Laure ingurgite sans mollir. Il faut du temps. Trois quarts d'heure montre en main. Il faut broyer les aliments, méthodiquement. Les réduire en bouillie mais pas trop. Juste assez pour que ça glisse sans écorcher la gorge, pour éviter la sensation d'étouffement. Les émissions de divertissement font diversion. Elle essaie de décoller sa pensée de l'assiette, cela demande une grande concentration, il faut regarder le moins possible les morceaux éparpillés, à peine pour les attraper avec la fourchette, faire abstraction du liquide plus ou moins gras dans lequel ils baignent, ne pas réfléchir à ce qui les compose. Elle absorbe ce qu'on lui donne. La sonde fait le reste. Elle la branche la nuit, le matin aussi, quand elle écrit. Elle ne triche pas. Elle évite les miroirs, autant que possible.

Laure descend chaque jour à la cafétéria, au premier étage. Ça la promène. Le serveur remplit sa Thermos d'eau brûlante, pour les tisanes. Après quatre semaines d'hospitalisation, on a besoin de voir du pays.

« Quand tu auras pris vingt kilos, je t'épouse ! »

Derrière son bar aseptisé, il lui fait son numéro d'encouragement. Des comme elle, il a dû en voir d'autres, la guibolle en guimauve et le tuyau accroché derrière l'oreille. Il multiplie les offrandes : tartes, chocolats chauds, croissants. Les femmes sont belles avec de la chair autour. Regarde-moi ça, de quoi t'as l'air ?

Elle a l'air d'un trombone démantibulé, d'un cintre de pressing, d'une antenne télé après une tempête.

Devant un petit crème, les internes se racontent les dernières blagues de la nuit. Elle regarde la mousse blanche sur leurs lèvres, elle les regarde rire. Les filles sont belles dans leur blouse immaculée, débordantes de santé et de certitudes. Comme elle voudrait être à leur place, être une autre. Pouvoir poser sa poitrine sur la table, entre ses bras croisés. Comme elle voudrait être désirable, elle aussi. Elle n'est qu'une épingle noyée dans ses vêtements, un ectoplasme, la tête pleine de honte et d'angoisse. Une pauvre conne qui a foutu sa vie en l'air, c'est bien fait, transparente, minable, un vieil os pourri bouffé jusqu'à la moelle.

Cela s'est fait progressivement. Elle essaie de situer le début de la maladie, elle cherche. Elle dit ma maladie, ce mot étrange et lourd, jusque-là réservé à sa mère. Elle ne dit pas encore mon anorexie, ça crisse dans les oreilles. À dix-sept ans, elle voulait gommer les rondeurs de son adolescence, elle rêvait d'avoir les joues creuses pour se donner l'air un peu plus fatal. Quand l'été s'est annoncé, comme toutes les filles de son âge, elle a commencé un régime pour pouvoir dandiner des fesses en maillot sur la plage. Pendant une semaine, avec Tad, elles ont mangé du poulet grillé et des légumes verts. Elles ont couru dans l'appartement autour de la table basse, à petites foulées. Ça finissait toujours par un fou rire sur la moquette. Au bout de quelques jours, elles ont craqué. Elles sont descendues acheter un sandwich dégoulinant de mayonnaise, des frites avec du ketchup, et des éclairs pour le dessert.

Si elle y réfléchit, ça a commencé plus tard, en fait, ça n'avait rien à voir avec les magazines. Elle se souvient surtout du dégoût. Elle a éliminé la viande rouge d'abord, et puis toutes les viandes, les volailles et les cochonnailles, et puis toutes les protéines animales, les œufs et le fromage. Plus tard, elle a supprimé toute forme de matière grasse. Le sucre aussi. Elle se sentait de mieux en mieux, plus légère, plus pure aussi. Elle devenait plus forte que la faim, plus forte que le besoin. Plus elle maigrissait, plus elle recherchait cette sensation pour mieux la dominer. À ce prix seulement elle parvenait à une forme de soulagement, d'apaisement. Mais il fallait s'affamer toujours un peu plus pour retrouver ce sentiment de puissance, dans un enchaînement qu'elle savait toxicomaniaque, supprimer par paliers, réduire encore le nombre de calories absorbées. Elle mesurait son indépendance, sa non-dépendance. Maigrir était une conséquence, dans le miroir, la preuve tangible de sa puissance, de sa souffrance aussi. Elle regardait l'aiguille de la balance aspirée vers la gauche, pliant chaque jour un peu plus sous le poids de sa volonté. Elle faisait peur. Dans la rue on se retournait sur elle. On se levait quand elle entrait dans le métro. On s'écartait pour la laisser s'asseoir. On ne se privait pas de commentaires. T'as vu les jambes de la fille ? Eh ! Auschwitz c'est fini, t'es pas au courant ? Ma voisine avait un cancer, c'était pareil. Si jeune, quelle misère... À voix haute les insultes, à voix basse la compassion.

Un samedi, elle était passée voir sa tante qui travaillait aux Galeries Lafayette. Arrivée en haut de l'escalator, elle s'était dirigée droit vers elle, à l'étage mode pour femmes. Elles ne s'étaient pas vues depuis longtemps. Au milieu du rayon imperméables, Nicole avait paniqué. Elle s'était effondrée en larmes, elle jetait ses yeux par-dessus les portants, tendait les mains au plafond, mais c'est pas vrai, c'est pas possible, il faut que tu ailles à l'hôpital, appelez une ambulance. Elle sanglotait, prenait les clientes à témoin, dans l'affolement, les mains sur le visage pour ne pas voir. De retour chez elle, Laure s'était regardée dans le miroir de la salle de bains, elle n'avait rien vu, ni la mort sur son visage ni ses épaules pointues comme des pics à glace. Elle avait cessé de se voir. C'était trop tard. Ni la peur ni la révolte ne pouvaient plus l'atteindre. Elle se sentait bien. Tellement plus légère. Elle ne voulait pas mourir, juste disparaître. S'effacer. Se dissoudre. Avec un demi-pamplemousse dans le ventre, elle volait au-dessus des trottoirs, des journées entières dans la rue, à vider son corps. Elle avalait quelques feuilles de salade pour le déjeuner, le soir elle buvait des soupes en sachets – potage-instantané-neuf-légumes-de-chez-Knorr (49 calories) ou soupe-passée-à-la-tomate-de-chez-Royco (45 calories) –, s'accordait parfois un yaourt Danone-zéro-pour cent (55 calories). Plongeait dans un bain brûlant. La nuit, des odeurs de poulet l'empêchaient de dormir ou la tiraient d'un sommeil agité de rêves alimentaires. Son corps criait famine.

Fatia n'a pas la télé dans sa chambre, ça coûte trop cher. Le soir, elle vient souvent la regarder dans celle de Laure, qui tricote tandis qu'elle s'esclaffe devant *Dallas*, *Dynastie* ou *Belphégor*. Fatia s'insurge, commente avec abondance. J. R. Ewing est un vrai salaud. Elle se bourre de dattes fourrées et engueule Laure quand elle ne lève pas le nez de son point mousse. Non mais regarde Sue Ellen, comme elle picole !

Fatia est une rebelle. Elle trouve que la bouffe de l'hôpital est dégueulasse et ne mange que les sucreries que son mari lui apporte. Elle fume toute la sainte journée, y compris dans sa chambre le soir venu, boit des litres de café et erre dans les couloirs à des heures tardives. Fatia se plaint, de son corps qui fait mal, de sa vie en général dont elle ne dit rien en particulier, de l'abandon d'Allah. Elle brille de mille feux dans sa djellaba à paillettes. Elle marche pieds nus sur le lino.

Parfois son rire enfantin déchire le silence anesthésié et Laure se demande toujours comment le monde ne se prosterne pas au pied de sa souffrance.

Le docteur Brunel vient voir Laure presque tous les jours. Il lui serre la main quand il entre, comme un collègue de bureau. Il se moque d'elle, assise en tailleur sur son lit, prête à décoller. Il fait mine de s'intéresser à son tricot, il ne lui demande jamais si elle mange. Il se félicite d'une prise de poids régulière et constate qu'elle commence à peine à ressembler à un être humain.

Elle l'attend. Elle guette les accents de sa voix, quand il passe dans le couloir ou s'attarde dans la chambre d'à côté. Elle a rendu les armes. Tout entière livrée à cette attente, elle savoure ce lien étrange qu'il a su tisser, entre elle et lui, comme le seul signe tangible de son désir de vivre. Il l'intimide un peu. Elle l'intimide aussi, elle le sait. C'est à cause de cette douleur, de cette douceur, qu'il y a entre eux. Elle a déposé son corps fragile entre ses mains, elle a tout donné de ce qu'il lui restait de conscience, ce petit bout de confiance aussi qu'elle pouvait encore accorder, emballé dans une boîte d'œufs. Ils n'ont pas droit à l'erreur.

Plus tard, il expliquera avec assurance son approche de la maladie dans les émissions télé. Plus tard, elle sourira en pensant au jeune médecin qu'il était, intuitif peut-être avant toute chose. Épidermique.

Parfois elle lui raconte. Une histoire aussi, comme des centaines d'autres. Par petits bouts décousus. Elle raconte la violence de son père. La violence des mots. Des nuits entières avec Louise, autour de la table. À compter les miettes pendant qu'il les insulte sans même s'en rendre compte, salopes putes merdeuses. Elles débarrassent la table. Les assiettes souillées par la viande rouge qu'il leur fait avaler à tous les repas. De la bonne conscience en rôti, en filet, en tournedos, il en est fier, c'est pas comme ces kilos de nouilles qu'elles ont bouffées chez leur mère. La tête dans le lave-vaisselle, on se sent à l'abri. Mais il faut retourner s'asseoir. Ça ne fait que commencer. Avec une fourchette, Laure fait des dessins sur la nappe. Louise pleure en silence. Ils picolent, lui et sa nouvelle femme, c'est pire que J. R. et Sue Ellen. C'est comme s'il l'avait empoisonnée, la marâtre, elle vitupère, surenchérit, elle pleure aussi de tout ce mal qu'elles leur font, les fouille-merde, les persécutées. Toute la nuit, il les abreuve de paroles, des histoires cent fois répétées, des reproches, toute cette haine qu'il vomit, la haine de leur mère, la haine de toute sa famille à lui, ses frères et sœurs avec lesquels il a rompu, des mots comme des ordures. Des mots périmés, avariés, qu'on ne digère pas. Qui restent sur l'estomac. Des mots toute la nuit jusqu'au petit matin. Au début, elles protestent. Se défendent un peu. Des révoltes aiguës d'enfants. Elles espèrent lui échapper, s'éclipser avant qu'il ne dérape. Leurs arguments sont maigres face à la toute-puissance de son raisonnement. Pas ce soir, merde, demain j'ai un devoir de maths. Mais il est lancé. La bouteille de whisky est posée devant lui. C'est toujours comme ça.

Elles crient un peu, Laure surtout, c'est à cause de ce dégoût qui lui vient dans la bouche. Mais il crie plus fort. Ses yeux sont rouges et elles ont peur. Elles pleurent toutes les deux en silence et le laissent parler. Elles attendent que ça se passe. Elles font des boulettes avec la mie de pain. Elles n'osent pas se regarder. Elles attendent le moment où elles pourront enfin se coucher dans leur lit, la douceur des draps comme une trêve. Demain, il faudra faire bonne figure en arrivant à l'école. Les yeux seront rouges et bouffis des sanglots d'une nuit.

Il est six heures moins le quart. Le corps est endolori. La bouteille de whisky est vide. Il a vomi dans les toilettes. Elle a dit vous voyez dans quel état vous le mettez votre père. C'est une caricature de belle-mère en quelque sorte. Un archétype. Même celle de Blanche-Neige n'aurait pas osé.

« Vous ne grossissez pas beaucoup, franchement, avec tout ce que vous êtes supposée ingurgiter. Je l'ai souvent entendu dire, les personnes comme vous sont prêtes à tout. Vous ne jetez pas votre nourriture dans les W-C au moins ? Parce que vous savez, ils vont finir par s'en rendre compte, et franchement, ça m'étonnerait qu'ils le tolèrent. Vous les donnez à quelqu'un vos suppléments ? Non, non, je dis ça, bien sûr ce n'est pas mes affaires, je dis ça pour vous. Enfin, si vous mangez tout, il n'y a pas de raison que cela ne finisse pas par vous profiter. Vous devriez peut-être rester davantage au lit. Vous coucher plus tôt. Enfin bon, c'est vos oignons après tout ! De toute façon, ils finiront bien par s'en rendre compte. Mais non, bien sûr, ce n'est pas ce que j'ai voulu dire, excusez-moi... écoutez... mais pas du tout. Vous avez vu qu'il y a des frites demain midi, je m'en réjouis d'avance ! »

La bleue a troqué sa robe de chambre pour un Babygro de la même couleur et débite les lieux communs avec une verve croissante. Elle furète, espionne, grappille ci et là de quoi alimenter sa convalescence.

Laure gonfle à vue d'œil et ne peut déjà plus fermer les deux pantalons qu'elle a apportés. Elle laisse faire. Elle ne sait pas pourquoi, ni même si elle y croit. Elle sait tout ce chemin derrière elle, déjà, ces sensations oubliées qu'elle retrouve peu à peu, le corps qui se remet en marche. Elle s'étonne de cette vie autonome qui reprend son cours à l'intérieur d'elle, elle sent l'estomac qui se contracte, les intestins qui se tordent, elle sent que ces organes mystérieux ont repris leur boulot, combien c'est dur de s'y remettre après des semaines de chômage technique. À l'intérieur ça s'agite sans fin. Elle laisse faire, mais elle a peur, peur de ne plus pouvoir recommencer, de ne plus pouvoir faire marche arrière.
Peur de recommencer, de faire marche arrière.
Elle a peur de sortir de ça et de ne pas en sortir.
Les soirs où elle traîne tard, malgré la sonde et toutes ces victuailles qu'elle ingurgite avec application, elle retrouve avec un dégoût et un plaisir mêlés son visage blafard dans le miroir.

Fatia est sortie pour le week-end en permission. Le dimanche soir elle est rentrée un peu ivre à l'hôpital. Elle s'était maquillée, le khôl avait coulé sous ses yeux comme deux larmes noires. Elle avait rapporté du couscous pour Laure, dans une boîte Tupperware. Elle voulait la remercier, pour la télé et le papier hygiénique que Laure lui donne, plus doux que celui de l'hôpital. Elle avait lâché ses cheveux, elle était belle. Elle riait. Quand elle est partie se coucher, Laure a jeté le couscous dans les toilettes. C'était au-dessus de ses forces, même une bouchée.

Dans son peignoir à palmiers, Monsieur cent-trente-kilos se pèse dix fois par jour. Quand sa porte est ouverte, Laure observe son manège. Il monte et descend de la balance, tente et retente sa chance, avec ou sans ceinture, avec ou sans chaussures. Il multiplie les expériences. Dépité, repart dans sa chambre. Réapparaît deux heures plus tard. En short, plein d'espoir. Il évalue l'incidence de différents accessoires, étudie les corrélations entre son poids et l'heure à laquelle il monte sur la balance : avant et après les trois feuilles de salade qu'il a dégustées au déjeuner, avant et après le thé sans sucre qu'il a bu, à petites gorgées, au goûter.

Entre les plateaux, le thermomètre et les pesées, les jours s'effilent, s'étiolent. Elle comprend, par petits bouts, par petites bouchées. Elle rumine. Des mots. Les mots de son père, comme des météorites. Les mots de sa mère aussi, des mots rares, en abyme. Elle rumine tout ça en plus du reste. Elle essaie de faire du tri, un peu de ménage, de balancer au fur et à mesure. Il faut lâcher du lest, pour continuer.

Elle avait besoin d'être nourrie, portée, enveloppée. Elle avait besoin de cette chambre surchauffée à l'abri du monde, à l'abri d'elle-même. Elle avait besoin d'un peu de gras pour pouvoir rester assise sans que les os lui transpercent les fesses. Elle essaie de se souvenir, encore, elle essaie de retrouver l'ordre, la chronologie. Elle cherche une logique. Elle avance, petit à petit. Pourtant, plus elle grossit, plus elle a peur de s'être laissé prendre au piège, de ne plus savoir se battre. Mais se battre contre quoi.

5

Il faut laisser couler l'eau longtemps. Pour qu'elle devienne vraiment chaude. Laure s'enfonce des bouillottes dans le ventre, le soir surtout, pour endormir la douleur. Le ventre gonfle et gargouille. La sensation de son corps l'empêche de dormir. Il peine, il broie, il rumine. Elle l'entend qui couine, qui se plaint. Elle rêve, elle se souvient.

« Si saugrenu que cela puisse paraître, ma fille ne supporte pas la crème à la vanille. Aussi, vous saurais-je gré de ne pas la forcer à en manger, les indigestions provoquant chez Laure de fortes migraines. Je vous prie d'agréer, Madame, l'expression de mes salutations distinguées. »

La maîtresse la toise. La moue est dubitative, le carnet de liaison, signé par sa mère, est resté ouvert entre ses mains. Laure soutient son regard, victorieuse.

Fatia est venue dans la chambre de Laure avec une autre fille, vingt-six ans et quarante-deux kilos. Algérienne aussi. Le club des squelettes s'est installé devant *Belphégor*, le dernier chariot passé. Laure a rebranché sa sonde et tricote un pull, tandis que les deux autres engouffrent des abricots secs. Laure leur offre un peu d'eau chaude pour leur Nescafé, dans lequel Fatia vide trois sachets de sucre. La fille est étrange. Elle regarde Laure avec intérêt. Elle repart chercher des clémentines et du pain, en s'excusant. Fatia dit qu'elle vient d'une autre unité, qu'elle ne comprend rien mais qu'elle est gentille. Quand elle revient, elle débarrasse et nettoie la table roulante, c'est sa façon de remercier. Elle va et vient dans la chambre, si elle pouvait, elle frotterait le sol avec un Kleenex. Fatia répète avec son accent elle né comprend rien. Alors Laure essaie de lui expliquer, le fantôme, l'intrigue, les rebondissements. Elle a l'air d'un Martien affamé qui aurait atterri un dimanche matin, en robe de chambre, au milieu des puces de Saint-Ouen. Après le film, elles s'en vont. Laure les raccompagne un bout, pour une promenade digestive. Dans le couloir elle erre un peu. Le marchand de sable a dû l'oublier, une fois de plus. Elle garde au fond de sa table de nuit une tarte à la crème, histoire de lui foutre en pleine poire, quand il osera la ramener, sa gueule d'enfariné.

Chaque matin, Laure se bat encore contre la tentation du ventre vide, du ventre mort. Chaque matin, entre le thermomètre qu'on apporte à 7 heures et le petit déjeuner qui se fait attendre, elle savoure ce petit vide qui lui rappelle l'ivresse du jeûne. Chaque matin devant le thé au lait et les tartines, elle doit renoncer à ce petit gouffre qui l'appelle. Renoncer, chaque jour. Au corps essentiel, réduit à son essence même, évanescent. Elle rêve de ça, monter et descendre des escaliers, marcher, marcher encore, au détour d'une rue, s'envoler peut-être, vivre sans manger, se consumer de l'intérieur, boire des litres de café et de vinaigre pour tout brûler. Tout anesthésier. Il faut renoncer, oublier. Se noyer dans les suppléments du matin.

Double portion de beurre, double confiture, compote, yaourt.

L'attente a un goût étrange. Acidulé.

Elle attend le docteur Brunel. Elle aime qu'autour d'elle on parle de lui. Il plaisante avec les infirmières, elles se poussent du coude quand il tourne le dos.

Parfois il vient, parfois il ne vient pas. Parfois il s'approche, parfois il s'éloigne. Il ne reprend jamais ce qu'il a donné. Il sait ce besoin qu'elle a de lui, mais il la laisse aussi se battre seule, il faut qu'elle apprenne, qu'elle comprenne.

« Combien ? Vous les mangez tous ? Ah ça, on ne dirait pas. Finalement, ça coûte très cher aux hôpitaux, les gens comme vous. Avec tous ces suppléments, les examens, les chambres individuelles, tout le tremblement, tout ça pour un problème purement psychologique, n'est-ce pas ? C'est quand même un peu déconcertant. Moi je suis obligée d'aller à la cafétéria pour acheter une petite pâtisserie, alors que mes jours sont comptés. D'ailleurs, les menus laissent à désirer. J'ai vu que vous aviez sympathisé avec cette femme algérienne qui a une sonde aussi. Mais la petite comme vous, qui est au N° 5, on ne la voit jamais. Elle ne sort jamais de sa chambre. Elle est arrivée bien avant vous, vous savez. C'est malsain de rester enfermée comme ça, des journées entières. Il y a quand même quelque chose de très psychologique là-dessous, on ne me l'ôtera pas de l'idée. Vous pensez bien que dans les pays où on n'a rien à manger, des gens comme vous, il n'y en a pas. »

Un matin, Laure frappe doucement à la porte. Corinne vient lui ouvrir. Les joues sont remplies par plusieurs semaines de sonde. Elle ressemble étrangement à un bébé. Elle a l'air étonnée de trouver Laure plantée là, décidée à se faufiler. Elle s'écarte pour la laisser entrer. Laure s'assoit sur la chaise, elle jette un regard rapide autour d'elle, comme ces gens qui viennent en visite dans sa chambre. Elle plie ses genoux à hauteur du menton, les enserre dans ses bras. Elles parlent un peu, des suppléments, du nombre de flacons qui passent chaque jour par la sonde, de choses et d'autres. Corinne est là depuis longtemps, elle doit bientôt sortir. Elle ne dit rien de ce qui l'a amenée jusque-là. Peut-être ne le sait-elle pas, peut-être ne le saura-t-elle jamais. Elle est l'instrument de quelque chose qui la dépasse, elle ne sait pas en parler. Entre anorexiques, on demande d'abord combien – combien de kilos, combien de calories, combien de temps – on ne demande pas pourquoi. Ce sont des choses qui viennent plus tard, avec le sel des larmes.

Corinne a l'air contente que Laure soit venue. Elle révise son bac, elle n'aime pas sortir de sa chambre. C'est le docteur Brunel qui la soigne aussi. Corinne a été hospitalisée avant de pouvoir sentir la mort dans son ventre. Les cahiers et les livres sont ouverts sur sa petite table. Elle a l'air d'une petite fille perdue dans un mauvais rêve, ou dans un supermarché.

Laure a dit je suis à la chambre une, passe me voir quand tu veux. C'est étrange comme la vie d'hôpital s'organise, un peu plus on se croirait rue Gamma. Quand on passe devant les chambres, on jette un œil, on penche la tête par la porte entrouverte pour dire bonjour, on s'assied un moment sur le coin du lit pour discuter des haricots du midi, des infirmières, de la surveillante. On troque du PQ, des sachets de sucre, des petites confitures, on s'invite à boire un verre d'eau chaude, on regarde un film ensemble, on fume une dernière cigarette après l'extinction des feux.

C'est l'histoire d'un poulpe, d'une chenille, d'une apprentie sorcière, c'est l'histoire d'un escargot sans coquille. À travers la pièce, le docteur Brunel balance des histoires et des images à coucher dehors. Il attend que ça retombe. Il la fait parler, au-delà de ce qu'elle croit pouvoir en dire, au-delà de ses défenses. Il la laisse chaque soir au milieu des mots, éparpillés, des mots qui rebondissent tout seuls sur le lino, se cachent sous le lit, s'évaporent.

Laure lui avoue un jour qu'elle n'a pas accepté l'hospitalisation pour guérir, mais pour apaiser la souffrance, une semaine ou deux, le temps de prendre quelques kilos, pas un de plus, juste une couverture de survie.
Il dit j'apprécie ta franchise. Elle répond, presque malgré elle, si je vais au bout, c'est grâce à vous.
Il sourit et elle fond comme un chocolat liégeois en plein soleil.

Laure écrit de plus en plus. Elle n'a plus mal aux fesses quand elle reste assise. Elle n'a plus froid. Elle écrit la bleue, et les autres. Petit à petit, elle s'attache à eux. Au bout du couloir, le muet joue au rami toute la journée. Il fait toujours de grands signes à Laure quand elle vient fumer une cigarette, pour lui dire le nombre de jours qu'il lui reste avant la sortie. Il a vingt-six ans. Il est maigre. Laure ne sait pas pourquoi il est là. Ses mains sont belles. Son compagnon de jeu, un vieux Russe noyé dans un pyjama de tergal, s'indigne quand il perd et réclame chaque jour à grands cris le quart de bordeaux qu'on lui refuse. Laure les observe, les raconte. Elle recommence un peu à lire aussi. Elle écoute les tubes sur hit FM, en Abyssinie, c'est l'amour à la plage, waouh, cha cha cha... des chansons associées à jamais à cet hôpital, à ces jours capitonnés où elle se réveille doucement d'une longue anesthésie.

« Dites-moi alors, vous avez pris combien ? Oh la la, vous êtes loin du compte... De toute façon pour atteindre un poids normal pour votre taille, il faudrait parvenir jusqu'à soixante kilos au moins, non ? Il vous lâche à cinquante ? Ah. Dites-moi, vous avez pas mal d'amis qui viennent vous voir. Vous en avez de la chance, toutes ces visites… Mais le docteur Brunel, il ne trouve pas que ça vous fait un peu trop ? Ça vous fatigue peut-être, vous ne croyez pas ? Vous avez une jolie chemise. Vous vous habillez et vous maquillez tous les jours, c'est amusant, je veux dire, compte tenu de votre apparence… Moi, vous savez, je suis trop fatiguée. Mes jours sont comptés. Je mets les blouses que l'hôpital me donne, c'est pratique et puis ça absorbe bien la sueur. Remarquez, si j'ai une permission pour le week-end, il faudra bien que je fasse un effort ! »

La bleue est devenue verte. Elle a troqué son Babygro pour des chemises postopératoires. Ça donne un genre.

Elle l'entend. Il téléphone dans le bureau de la surveillante, il donne des ordres, laisse des consignes pour le week-end, il passe devant sa chambre ouverte, sans même un regard.

Ses amis n'ont plus peur. Ils viennent voir Laure, en petits paquets, ils apportent des livres et des journaux. Les chocolats et les calissons, ils n'osent pas. Ils racontent, d'abord à voix basse, et puis ils se sentent presque comme chez eux, ils rient un peu trop fort. Ils serrent ses épaules pointues dans leurs bras, ils ont les yeux humides, ils boutonnent leur manteau avant de partir. Ils s'en vont.

Elle se souvient que, sur la plage, l'été avant son hospitalisation, ses cousins l'appelaient Squelettor. Elle aurait bien voulu être Goldorak pour leur casser la gueule. Maintenant, entre la poire et le fromage, ça la fait plutôt rire.

Laure grossit. Elle fait du gras, petit à petit. C'est quelque chose de terrifiant. Elle laisse faire, mais il ne faut pas que ça aille trop vite. Si le corps va plus vite que la tête, la tête refuse, elle se défend, commande au corps d'arrêter. Ordonne la mutinerie. Pendant quelques jours, le poids stagne.

Ce soir il est passé un peu plus tard que d'habitude. Il n'a pas l'air content. Il n'a pas d'explication. Il n'y croit pas. Il dit même chez des cancéreux je ne connais pas d'exemple d'état stationnaire à quatre mille cinq cents calories par jour. Les médecins sont des scientifiques, toute chose a une cause, laquelle doit être identifiable et mesurable. Le soupçon est là qui s'est immiscé entre eux, pour la première fois. Elle a tout bouffé, elle a tout noté, elle n'a rien vomi, rien jeté. Les infirmières versent elles-mêmes les flacons dans le réservoir de la sonde. Elle sait qu'elle n'a pas triché. Elle sait qu'il y a autre chose, que la peur de grossir est parfois plus forte. Elle sait que son corps est capable de tout dépenser, la nuit, elle le sent qui fonctionne à vide, qui se vide, elle l'entend qui bat, qui broie, qui brûle, quand bien même tout est déjà passé, tout est digéré, elle l'entend qui s'emballe, qui ne peut plus s'arrêter de ruminer, de ronronner, de gaspiller de l'énergie. Elle sait que sa tête est capable de faire ça. Que sa maladie à elle est plus forte que les certitudes d'un jeune médecin.

Elle n'a pas répondu, elle n'a pas su lui dire. Pas osé peut-être. Il a tourné les talons dans un effet de cape culpabilisateur. Ça voulait dire je ne suis pas dupe, réfléchissez-y. Quelque chose dans ce goût-là. Dégueulasse. La porte s'est refermée doucement derrière lui. Il l'énerve. D'ailleurs, franchement, ses chaussettes rouge vif avec des chaussures marron, c'est le comble du mauvais goût. Elle les a bien bouffées ces calories de merde. Elle est folle de rage. La tortue se fait déjà entendre. En même temps que le plateau, sa tante arrive dans la chambre. Laure explose, elle jette des trucs à travers la pièce, le pain dans la figure de Nicole, elle pleure, foutez-moi la paix, merde, je n'en peux plus d'être là, d'être malade, laissez-moi crever. À sa tante, elle réserve la colère, les cris, les soupirs exaspérés. Les aliments jetés à travers la pièce, les sanglots dans l'oreiller. Parce qu'elle est sûre de son amour, entier, inconditionnel, elle reporte sur elle la violence qu'elle a pour d'autres. Parce qu'elle sait que cela n'entamera rien.

Nicole est repartie. Sur la pointe des pieds. Elle reviendra demain ou après-demain. Elle apportera des tisanes en sachets, des journaux, du savon. Laure sait ce qu'elle lui doit. Quand la colère s'efface, elle se souvient que Nicole l'a recueillie chez elle, peu de temps avant qu'elle entre à l'hôpital. Recueillie, c'est le mot, comme une pauvre chose ébouriffée qui tenait à peine debout. Faute de pouvoir la faire manger, elle l'avait gardée quelques jours au chaud. Laure était à bout. Au bout de tout. Le matin, Nicole partait travailler et laissait Laure pour la journée. Elle prenait la clé avec elle, parce que Laure était trop faible pour sortir. Laure se souvient qu'elle ne touchait à rien de ce que Nicole avait laissé. Ni les petits plats qu'il aurait suffi de faire réchauffer, ni les fruits, ni les biscuits. Chez Nicole, il faisait chaud. Chez Nicole, elle était à l'abri du monde. À l'abri de tout, sauf d'elle-même. Elle se souvient qu'elle coinçait une mallette en cuir pour que la porte ne puisse pas se refermer derrière elle et montait quatre ou cinq fois de suite les six étages, hagarde. C'était beaucoup plus qu'un besoin, quelque chose d'impérieux, une drogue, voilà tout.

Ils sont tous venus, les neveux, les cousins, les sœurs et les beaux-frères. La voix d'Oum Kalsoum a envahi les couloirs. C'est dimanche, Laure a été invitée dans la chambre de Fatia, pour fêter ses trente ans. Elle est la seule de l'unité. Elle se sent un peu perdue, elle boit du thé à la menthe, elle écoute les femmes chanter. Elle a offert à Fatia un petit bracelet plaqué or, le seul qu'elle trouvait joli, à la boutique du rez-de-chaussée. Fatia lui prend les mains pour lui dire merci, ses yeux brillent. Une femme opulente caresse les boucles de Laure, elle lui demande pourquoi elle est si maigre, elle aussi. Laure ne sait pas quoi répondre, elle a honte. Ils ont tous ôté leurs chaussures. Autour du lit, on commence à danser. L'infirmière passe une tête pour un petit rappel à l'ordre, ne faites pas trop de bruit, si les malades se plaignent, je serai obligée de vous demander de partir. La fête continue jusqu'au soir. Ils parlent en arabe, ils rient, ils chantent. Au douzième étage d'une tour de béton. Laure se laisse étourdir. Dans la chaleur moite de la chambre, pendant quelques minutes, elle oublie tout.

Après leur départ, elles sont restées toutes les deux. Elles ont ramassé les boules de papier-cadeau froissé qui jonchaient le sol. Fatia s'est allongée sur le lit. Elle a demandé à Laure si elle pouvait rester encore un peu. Le soir de ses trente ans, Fatia s'est endormie sur un lit d'hôpital.

La bleue a passé une tête furtive par la porte entrouverte.

Avant de partir, Laure a fermé le store, sans faire de bruit.

6

Ce matin, la surveillante joue des claquettes. Elle va et vient, jette un œil inquisiteur par les portes ouvertes, où donc est passée la petite élève aide-soignante, la dame du 23 sort aujourd'hui il faut faire la chambre à fond, Régis allez donc faire les menus de ce côté avant l'arrivée du médecin. Laure l'aime bien, même si elle n'a pas l'air commode.

Il a débarqué à 9 heures pétantes avec un groupe d'étudiants zélés frais et dispos pour la visite du zoo. Le docteur Brunel épluche les chiffres et commente les courbes. On se serre autour du lit, on la regarde à la dérobée. Un autre médecin entre dans la chambre. Il assistait à l'entretien que Laure a eu avec le docteur Brunel, le jour de son admission. Le docteur Brunel lui demande si elle se souvient de lui. Cette question la blesse, à cause de l'ironie acide qu'elle croit y deviner. Elle était dans les choux, d'accord, mais quand même. Elle voudrait avoir la force de les foutre tous dehors. Lui comme les autres. Traître parmi les traîtres. S'adressant à son confrère, fier comme un pape, il poursuit, alors tu vois, les bilans sanguins sont bien meilleurs, les carences sont pratiquement comblées, elle est passée de trente-six à quarante-quatre kilos, avec reprise physique apparente. Bon, bien sûr ce n'est pas encore ça. Ils se tournent tous vers elle. L'air dubitatif est de rigueur. Qu'elle prenne ça dans la gueule, d'ailleurs, ça ne peut pas lui faire de mal – leur regard perplexe et compatissant sur son apparence malade – un peu de réalité bien sensée, emballée comme il faut, qu'on remette les choses à leur place.

Il est reparti. Il achève les commentaires derrière la porte. À ce moment précis, elle le hait.

Il faut inspirer profondément, puis souffler lentement, plusieurs fois avant que le plateau arrive. Ne pas pleurer, rester calme, se détendre. À peine est-elle servie que son voisin de chambre débarque pour savoir si Laure a obtenu ce qu'elle avait demandé la veille. Il gueule contre le jambon-purée qu'on lui inflige depuis deux jours. Il a l'air étonné que Laure n'en fasse pas de même. Les caprices de l'ordinateur, il y a déjà longtemps que ça lui passe au-dessus de la tête. Du moment que ça se bouffe et que ça la rapproche du jour de la sortie. De toute façon le ventre gonfle et fait mal. Elle a passé un contrat. Après, elle avisera. Libre à elle de reperdre ces kilos encombrants, elle sait qu'elle est encore capable de le faire, qu'elle est plus forte que la faim, plus forte que le besoin. Tant qu'elle aura la certitude de sa non-dépendance, elle pourra continuer à grossir.

À la nuit tombée, elle est sortie. Peut-être parce qu'elle en voulait au docteur Brunel, peut-être parce qu'elle n'en pouvait plus d'être enfermée dans une chambre d'hôpital, tout simplement. Après le goûter, elle a attendu que la surveillante ait fini sa journée, elle a pris son manteau, son écharpe, ses gants, elle les a roulés en boule. Elle est descendue par l'ascenseur, comme elle l'aurait fait pour aller remplir sa Thermos à la cafétéria. Elle tenait son paquet sous le bras, son cœur déchirait sa poitrine. Au rez-de-chaussée elle a enfilé tout ça, enroulé l'écharpe autour de sa tête pour cacher le tuyau qui sort de son nez. Elle avait peur. Peur de la rue, du bruit, du froid. Elle est partie droit devant elle, ivre déjà de ces quelques pas volés dans le vent. Elle a regardé les vitrines pour ne pas marcher trop vite, pour ne pas se laisser emporter par le trottoir. Peut-être comme un alcoolique boit un demi-verre de vin, longtemps après, avec la peur au ventre.

Au retour, elle a tout remis en boule dans le placard. Pour une prochaine fois. Apaisée.

Le docteur Brunel est venu seul. Pour rattraper le coup. Il sait qu'elle est en colère et que la colère ronge. Des doutes, il ne dit plus rien. Il examine Laure, palpe la chair pour voir comment se manifeste la prise de poids. Elle se sent si maigre soudain, sous sa paume, sous cette caresse qui n'en est pas une. Elle sent à quel point son corps n'est qu'une pauvre chose aiguë, anguleuse, indésirable. Pourtant c'est une sensation différente, son corps en creux dans la chaleur de ses mains, pourtant, pour la première fois, ce corps perçoit la douceur de sa peau à lui, la tendresse de ses gestes. Elle y perd ses défenses.

Il pourrait l'enrouler dans un drap pour la ramener chez lui, lui consacrer tout son temps, toute son énergie, lui dire tout ce désir qu'il a de la voir rire. Il pourrait la garder près de lui, prendre son visage entre ses mains, lui raconter des histoires à dormir debout. Il pourrait lui dire combien il l'aime, combien il a besoin d'elle aussi, de sa victoire.

Mais le docteur Brunel s'est assis sur la chaise. Il lui rappelle ces premières entrevues où elle ne pouvait même plus aligner trois mots, son désarroi, l'incohérence de ses propos. Il lui raconte sa peur à lui, et son impuissance. Combien il est difficile de laisser repartir quelqu'un dans cet état-là. C'est un jour de confidences. Il la fait parler. Laure essaie de décrire l'angoisse encore, à chaque repas, l'angoisse de la nourriture comme une angoisse de mort. Il sait tout ça comme le reste.

C'est parce qu'il sait, sans doute, qu'il est si précieux. Parce qu'en lui la souffrance trouve un écho, dans l'obscurité de son histoire, peut-être, dans sa folie ordinaire.

Et s'il était seul à savoir, et s'il était la colère du vent, capable enfin de faire tomber la petite fille de son arbre mort...

Il est resté longtemps. Elle aurait voulu se blottir contre lui, elle aurait voulu pleurer dans ses bras. Elle l'aime d'un amour unique, elle l'aime pour cet éclat de vie qu'il a rattrapé in extremis, elle l'aime pour cette dette qu'elle aura envers lui, longtemps, toujours. Elle l'aime pour cette hésitation qu'il a parfois à la questionner, sur sa vie, ses parents. Elle l'aime pour ce qu'il comprend à demi-mot, ce qu'il entend dans le silence.

Elle voudrait réussir à lui dire combien elle a besoin de lui, qu'il s'occupe d'elle. Elle voudrait être la seule, l'unique, effacer toutes les autres avant elle, et toutes les autres qu'il ne manquera pas de sauver, sauvages et fragiles. Elle se marre toute seule quand elle y pense, à quel point c'est caricatural. Un peu plus on se croirait dans *Jeunes docteurs*, à 8 h 20, sur Antenne 2, ou dans un traité de psychanalyse. Qu'on appelle ça comme on voudra, peu importe, elle l'aime pour son engagement à se battre avec elle, contre elle.

Il lui a accordé une permission pour le week-end, si la courbe de poids repart à la hausse.

Corinne vient parfois le matin avec ses cours d'histoire, qu'elle demande à Laure de lui faire réciter. Laure lit le chapitre, puis pose des questions. Elle sent que sa mémoire est aussi vide que son corps. Avec les kilos, elle a largué Henri IV, Louis XIV,

Robespierre. Elle ne sait plus rien. Elle mesure l'ampleur de ce trou noir qu'elle ne comblera peut-être jamais.

Le soir, Fatia débarque avec son regard naïf et lucide sur un monde qui lui échappe, un monde privé d'histoire et de sens. Avec elle, Bobby et Pamela Ewing prennent possession des lieux. Elle les engueule, les soutient, les console.

« Il a l'air content de vous, le docteur Brunel. Il a une belle voix, cet homme-là. Il est plutôt séduisant d'ailleurs. C'est quoi son titre au juste, vous le savez ? Vous ne trouvez pas qu'il ressemble à Daniel Guichard ? Il est marié ? Quel âge a-t-il à votre avis ? Moi, je dirais entre trente-cinq et quarante. Très jeune, pour occuper un poste de cette envergure. Vous avez pris combien de kilos ? Eh bien, ça ne se voit pas. Il vous en faudrait encore une vingtaine pour avoir l'air normal. Je vous ai vue hier à la cafétéria, vous étiez avec des amis ? Vous savez, mes jours sont comptés, alors je ne me prive pas. Il faut profiter du temps qui nous reste. Une petite pâtisserie de temps à autre, ça console tout de même un peu. Je sais bien que je ne devrais pas, à cause de mes problèmes de foie, mais moi, j'aime la vie, c'est pas comme vous. C'est votre sœur la grande jeune fille qui vient vous voir de temps en temps ? Elle a l'air en meilleure santé que vous, ça se voit tout de suite. Enfin, j'en reviens aux médecins, dans l'ensemble ils sont très humains vous savez. C'est qu'il en faut du courage, de la disponibilité. J'imagine que vous en avez encore pour un moment, avant qu'on vous laisse sortir. Si tout va bien, je devrais bientôt pouvoir quitter l'hôpital. Ils vont me trouver une place dans une maison de repos. »

Laure est contagieuse. Elle a fait assez de mal comme ça. C'est ce que lui a dit son père ce matin au téléphone. Elle pollue. C'est ce qu'il a dit. Elle est malsaine. Louise aussi. D'ailleurs, Louise pue. Contaminée. Tout ça, ça vient de leur mère, internée quand Laure avait treize ans, rien que pour l'emmerder lui, le persécuter, bousiller sa vie. Lui, c'est pas pareil. Il a fait la guerre d'Algérie, il a changé leurs couches, il gagne de l'argent pour assumer ses enfants. Quand elles sont arrivées chez lui, un matin de février, il les a emmenées chez le médecin, il leur a acheté de nouveaux habits, il a demandé la garde. Il a raconté à tout le monde, même à la boulangère, que leur mère était folle. Lui, c'est pas pareil. Un bon père. Responsable et tout. La première nuit, il les a questionnées sans fin. Comment ça s'était passé, qui avait prévenu la police, pourquoi elles ne l'avaient pas appelé avant. Elles ont raconté vingt fois la même histoire, mais il ne l'a pas crue. Parce que déjà ça clochait, c'était bizarre, il fallait recommencer.

Des doutes, il y en aurait d'autres. Des reproches et des insultes aussi. La nuit, Laure hurlait dans son sommeil. Elle rêvait qu'il l'étouffait sous un coussin, qu'il lui enfonçait un couteau de cuisine dans le ventre, qu'il lui jetait des briques à la figure.

La renutrition, comme la dénutrition, s'accompagne d'effets secondaires, lesquels ne sont pas mentionnés dans le livret d'accueil. Poussées de fièvre, bouffées de chaleur, crise d'acné juvénile... Elle ferait des orgies de chocolat et de charcuterie, le résultat serait le même. Il faut le temps que le corps se réhabitue, paraît-il. Les boutons sur le front et le menton constituent toutefois une saine occupation, à grand renfort de lotions asséchantes et de crèmes dissimulatrices. Les veines gonflées d'un sang neuf saillent sous la peau. Les collants et les pulls de laine sont rangés au fond du placard. Laure a chaud et elle rougit pour un oui ou pour un non. Surtout quand le docteur Brunel déclare publiquement qu'elle commence à ressembler à une femme.

Une nuit, elle fait un rêve étrange. Elle fait des courses chez Ed avec Tad. Elle déambule dans les rayons, elle ne sait pas quoi prendre. Devant elle, Tad pousse un chariot vide et lui demande de choisir. Elle s'impatiente. Au rayon frais Laure attrape un paquet de saucisses. Des saucisses en plastique. Sur l'étiquette, Laure découvre qu'elles sont périmées. Elle les remet à leur place. Tad soupire. Laure prend des articles au hasard, des steaks hachés, du fromage, des mousses au chocolat, du beurre, elle essaie de bien faire, de se dépêcher, mais toutes les dates de péremption sont dépassées. Elle essaie encore, elle pleure. Tad a ouvert un paquet de chips qu'elle grignote en levant les yeux au ciel. Dans le rêve et dans le sommeil, la terreur enfle comme un chardon dans la gorge. Laure jette maintenant les articles à travers le magasin, elle vide les rayons, un par un, elle crie. Tad la laisse faire. Les caissières et les clients se sont attroupés autour d'elle, le responsable menace d'appeler la police, Tad explique d'un air las, c'est mon amie, elle est malade, vous comprenez, on ne peut rien faire, il faut attendre, attendre c'est tout, qu'elle arrête son cirque. « Thermomètre », claironne Jocelyne à sept heures moins le quart. Dans son lit, Laure est en sueur. Le cœur bat vite. Une journée d'hôpital qui commence, la même qu'hier peut-être, ou bien la même que demain.

Pierre a téléphoné. Il a dit alors quoi de neuf ? Ou bien qu'est-ce que tu me racontes ? Laure a raccroché. Chaque fois qu'il appelle, il demande quoi de neuf ou bien qu'est-ce que tu me racontes. Elle est en train d'apprendre à survivre dans un centre hospitalier universitaire. C'est lui qui est dehors, merde. Elle l'a rencontré l'année de sa Terminale. Il avait vingt-quatre ans, elle en avait à peine dix-sept, il était pion et prof dans cette petite ville de province où Laure allait au lycée. L'existence de Laure s'était concentrée sur ces trois jours de la semaine où il venait de Paris. Il surveillait la permanence, mettait des croix sur les cartes de cantine. Il faisait cours aux classes de Première B. Elle y avait trouvé un indic de confiance qu'elle interrogeait régulièrement sur le programme que Pierre leur faisait étudier, quels auteurs, quels livres. Le soir, elle devait souvent attendre le car, pour rentrer dans le petit village où elles vivaient chez leur père, Louise et elle. En perm, planquée derrière un livre, elle le dévorait des yeux. Un jour, il s'était approché d'elle, il avait tellement aimé ce livre, qu'est-ce qu'elle lisait d'autre ? Ils avaient discuté un peu.

Elle avait imaginé ensuite toutes sortes de farces et de canulars pour attirer son attention. Un jeu de piste dont elle était l'improbable trésor. Elle avait trouvé son numéro à Paris, elle inventait des personnages, elle appelait le soir quand son père et sa belle-mère sortaient, des heures au téléphone à jouer les Anglaises égarées ou les animatrices de radio. Quand il avait su que c'était elle, les coups de fil et tout le tralala, il avait craqué. Attendri par tant d'imagination. Et par ses rondeurs appétissantes. L'été, après le bac, ils avaient fait l'amour, de la moto, ils avaient écouté des disques.

Il en avait oublié qu'il était sur le point de se marier. Ça lui était revenu d'un coup, alors que Laure était partie une semaine en vacances avec Tad. Une lettre, juste avant son retour. Une lettre coupable et fataliste. Elle était restée comme deux ronds de flan. Ils s'étaient revus un peu avant son mariage, des adieux qui n'en finissaient pas. Elle ne voulait pas le perdre. Après son mariage, il n'était plus venu. Elle était entrée en classe prépa, à Paris, ça occupe l'esprit. Elle pleurait en écoutant les disques qu'il lui avait offerts. Elle se mouchait. Elle trouvait ça sain, tout ce chagrin qui sortait par les narines.

Plus tard, tandis qu'elle était en khâgne et tentait d'avaler à des heures tardives le programme du concours, elle avait commencé à maigrir, tranquillement. De toute façon, elle n'avait pas payé la cantine. Elle pensait encore à Pierre. Elle y pensait comme à tout le reste, cette bouillie qui lui filait entre les doigts. À la fin de l'année scolaire, elle lui avait écrit un mot. Un message absurde, à l'emporte-pièce, même pas un appel. Le lendemain il était là. Il n'avait pas oublié. Il la suivait depuis plusieurs semaines, planqué dans sa voiture, dans les cabines téléphoniques, il la regardait aller et venir, sillonner Paris dans tous les sens. Il le lui a avoué ce jour-là. Ce temps passé à la regarder se perdre. Il ne savait pas à quel point. Il a compris quand elle a ouvert la porte.

Quand elle est entrée à l'hôpital, il est venu. Il a téléphoné. Il se sentait coupable, peut-être. À tort. Pour lui, elle avait beaucoup pleuré. Le corps écorché, c'était autre chose. Ça n'avait rien à voir.

Elle lui a raccroché au nez. Pierre n'a pas rappelé. D'ailleurs, il ne rappellera jamais.

7

Ce soir, on mange des framboises surgelées. Oui. Surgelées. C'est dur, c'est froid, difficile à croquer. Maman a dit que le dîner, c'était ça. Des framboises surgelées. Louise me regarde d'un air perplexe, elle fait rouler les fruits dans son assiette, elle attend mon approbation. Maman dit aussi que nous n'avons plus besoin d'aller à l'école. Et si maman était devenue folle ? Ou peut-être est-ce une farce qu'elle nous fait, histoire qu'on rigole un peu.

Laure cherche encore. Elle cherche et elle attend.

C'est l'histoire d'un caillou triste. C'est dur d'être triste, quand on est un caillou et qu'on n'a même pas de mains pour essuyer ses larmes. Il roule sa vie, le petit caillou, tant bien que mal, au milieu des choux, des hiboux et des ornicars. Un jour le voilà qui se coince dans la semelle d'une grosse chaussure qu'il n'avait pas vue venir, entre les rainures de caoutchouc. Il éprouve soudain une peur immense, à voir s'éloigner ce petit bout de chemin, où il a toujours vécu. Aussi loin qu'il s'en souvienne. Il part pour une nouvelle vie, mais il se sent si petit, si fatigué, si vulnérable. Il pleure, mais qui a jamais entendu un caillou pleurer, un petit caillou blessé dans son âme, depuis si longtemps ? Et la chaussure l'emporte, loin, si loin, si vite qu'il en a mal au cœur.

C'est l'histoire d'un poisson sans écailles, d'une tortue sans carapace, d'une princesse de pacotille qui ne pouvait renoncer à sa douleur.
La chambre de Laure est peuplée d'histoires, tombées de la poche du docteur Brunel. Des histoires sans faim, qui surgissent de sous le lit, quand il fait noir.

Corinne est passée la voir ce matin. Ils venaient de lui enlever la sonde. Laure avait envie de toucher son visage, de caresser la rondeur de ses joues, du bout des doigts seulement. Pour voir comment ça fait. Elle doit rester encore quelques jours, pour qu'ils s'assurent que le poids se stabilise. Elle va rentrer chez elle, reprendre le lycée. Reprendre sa vie où elle l'avait laissée. Elle dit à Laure : essayez de maintenir. Elle s'assoit et tourne machinalement une mèche de ses cheveux blonds. Elle parle sans regarder Laure, elle jette au pied du lit ces phrases qui lui sont venues, en même temps que les kilos, les fondements de sa guérison, peut-être. Elle étouffait. Elle n'avait plus de place pour exister, dans le regard de ses parents, dans ce désir de leur plaire, dans cette quête de réussite, de perfection qu'elle avait faite sienne. Au début, elle voulait seulement rétrécir un peu, pour se soustraire à cette emprise, et puis un jour elle avait voulu disparaître.

Parce que c'était tellement facile.

Elle livre à Laure ce secret trop lourd qu'elle ne leur dira peut-être jamais. Elle laisse là ce petit fardeau ficelé comme un rôti qui roule sur le lino.

Elle dit que rien ne sera jamais plus comme avant.

Laure a obtenu sa permission pour le week-end. Elle est dehors. Elle marche droit devant elle. Elle gobe l'air à pleins poumons. Si elle s'écoutait, elle rentrerait chez elle à pied. À l'autre bout de Paris. Il pleut des petits crachats de souris. Elle descend dans le métro sans s'attarder devant les vitrines, elle s'arrête au guichet pour prendre un carnet de tickets, elle essaie de ne pas penser au petit nœud qui durcit dans son ventre, à ce noyau incandescent qui se concentre petit à petit, en haut de l'estomac. Il a des yeux comme des billes, il est planté là qui la regarde par en dessous, sans aucune gêne, maman, pourquoi la dame elle a un tuyau dans le nez ? Elle doit admettre qu'elle fait encore sensation. Le tuyau se balance doucement derrière son oreille. Elle aimerait croire que le reste passe inaperçu. Mais leurs regards s'infiltrent comme une mise à nu. Ils se parlent à voix basse, la main devant la bouche, ils détaillent son corps, morceau par morceau, ils cherchent. Elle s'émiette sous leurs yeux, tellement vulnérable, friable comme un os de couscous-poulet en boîte. Elle songe à ce temps si proche et pourtant si lointain où elle portait sur ses collants de laine des minijupes à outrance, pour mieux montrer ses jambes – le plus impressionnant les jambes quand elles finissent par ressembler à des cure-dents –, où elle exhibait sa maigreur comme un trophée et empaquetait ses os dans des jeans taille douze ans. Elle se réjouissait de lire dans leurs regards la méfiance, la violence, la compassion. Dans ce wagon qui la ramène chez elle, elle prend la mesure de son corps en abîme. Elle a pris sept kilos qu'ils ne remarquent même pas, invisibles, comme sept kilos de honte. Elle reste debout. Sur les murs des stations elle découvre les nouvelles affiches. Quand elle sort du métro, elle flâne un peu rue du Commerce, avant de rentrer chez elle. *Flâner* ce mot navigue dans sa tête comme un gros mot. Au cinquième étage, elle ouvre la porte, le petit nœud est devenu une boule de soufre, le vertige l'emporte, à tomber par terre. Elle hésite à entrer chez elle. C'est à cause de cette émotion confuse qui monte en elle, cette perception soudaine – physique – des couleurs, des odeurs, de l'espace. Elle se réveille d'un cauchemar. Elle est chez elle. Pour la première fois depuis si longtemps, elle est capable de le sentir dans sa chair. Elle se tient là, au seuil de cet espace qui devrait être si familier, qu'elle découvre pourtant comme une réminiscence lointaine. Dans son corps s'immisce l'odeur du bois et de la peinture récente, dans son corps pénètrent la lumière étale, le bruit de ses pas sur le carrelage de la cuisine. Elle pleure. Elle retrouve intact le souvenir des semaines qu'elle a passées ici, coupée de tout, de la sensation même d'exister. Les membres sont lourds comme au réveil d'une anesthésie générale. Dans la violence même de cette émotion qui soulève son ventre, elle prend conscience qu'elle n'avait plus qu'une certitude intellectuelle de sa présence, une connaissance intellectuelle de l'espace et du temps. Elle comprend que son corps n'était plus capable de ressentir autre chose que la peur et le froid. Elle voulait devenir transparente, courir les rues en se cognant les genoux, sans jamais s'arrêter. S'éthérer, tituber, mais tenir. Dans cette quête insensée, passionnelle, elle cherchait l'isolement, l'indifférence aussi. Ne plus pleurer, ne plus entendre, ne plus sentir.

Dans sa chambre elle s'est allongée sur le lit, le visage entre les mains. Les larmes coulent le long de ses doigts, elle en goûte le sel comme une récompense. Elle murmure plus jamais, plus jamais. Les draps sentent encore l'adoucissant. Elle se souvient de les avoir changés avant de partir. Elle fait le tour de la pièce à la recherche de sa vie d'avant, elle caresse les livres, elle fouille dans les tiroirs pour trouver les lettres, les copies, les factures qui la relient au monde. Dans la cuisine elle fait l'inventaire, poêles, casseroles, assiettes, couverts, et s'étonne de trouver dans les placards cet équipement de ménagère épanouie qui attend son retour. Elle prend son temps, elle s'attarde devant les photos accrochées au mur, elle met un disque sur la platine mais n'allume pas la chaîne. Par ces détours indolores, elle retarde le moment où elle finira par se retrouver devant le miroir de la salle de bains pour y découvrir le creux de ses joues, comme des centaines de fois, comme pour la première fois.

Plus tard, elle part retrouver Louise qui est en week-end chez leur mère. Louise laissée seule, chez son père, à l'autre bout du monde. Là-bas, ils continuent de l'abreuver d'insultes et de soupçons. Louise vient à Paris, un week-end sur deux. L'autre week-end, Laure prenait le train. Quand elle pouvait encore.

Elle a laissé Louise qui ne le lui pardonnera pas. Elle porte ça en elle, elle est coupable de cet abandon, coupable à en crever. Une douleur qui la ronge avec d'autres.

Après son bac, quand Laure est revenue à Paris pour faire ses études, elle s'est installée chez sa mère qui avait repris un travail, un appartement, une vie normale. Quelques mois après le retour de Laure, sa mère a commencé à avoir de drôles de fréquentations. Le soir, elle allait boire des coups chez Kant, ou sortait dans les bars avec Monet. Elle rentrait tard. Dans la rue, elle donnait son argent, elle n'allait plus à son boulot. Des histoires qui ont mal tourné et qui se sont terminées à Sainte-Anne. À vrai dire, son délire était plutôt plus drôle que la première fois, mais Laure avait dû perdre en route le sens de l'humour. Pendant quelques mois, elle s'est retrouvée seule avec la Cocotte-Minute. Elle faisait du riz au lait. Quand sa mère est sortie de l'hôpital, Laure est partie. De cohabitation en sous-location, elle a atterri chez Tad. Elles ont habité ensemble ce grand appartement que les parents de Tad avaient déserté et dont ils louaient une chambre à Laure, qu'elle payait quand elle pouvait. C'est là que ça a commencé. Sous les yeux de Tad qui ne les a jamais fermés. Quelques mois plus tard, quand Laure a dû partir de chez eux, la dernière digue s'est effondrée. Seule, tout entière livrée à son dégoût et à la complaisance d'un miroir de salle de bains, elle s'est laissé happer par cette ivresse qu'elle ne savait pas nommer.

Chez leur mère, au moins, ce n'est pas la conversation qui tue. Une vingtaine de mots en un week-end. Maussade, Louise déclare à Laure qu'elle l'envie d'être à l'hôpital. Leur mère les regarde. Elle boit des bières. Elle se remplit, elle comble tant bien que mal le gouffre que la maladie a creusé en elle, sournoisement, cette vacuité immense qui renvoie à peine l'écho de sa souffrance. Au déjeuner, elle avale les nouilles au thon en deux minutes chrono, et puis elle regarde Laure manger. Sans rien dire. Elle pisse ensuite dans son pantalon, sous les yeux de Laure, toute cette bière qu'elle a bue. Laure finit son assiette. Ce jour, peut-être, elle a su qu'elle s'en sortirait, qu'elle sortirait de tout ça.

Après le déjeuner, elle est partie avec Louise voir Tadrina. Tad l'indolente. Tad qui se couche en disant il n'y a rien de meilleur qu'un lit. Capable de passer une journée entière entre la couette et le canapé. Chez Tad, les meubles et les rideaux tissent comme un nid, la moquette est épaisse. Il fait chaud. On fait du thé. On mange des pains aux raisins et des chaussons aux pommes.

Le soir, Laure et Louise retournent dîner chez leur mère. Elle parle un peu. Elle dit qu'elle viendra voir Laure la semaine prochaine, mardi peut-être, jeudi aussi, si elle ne finit pas trop tard. Elle n'est pas capable d'en dire plus. Les mots sont au-dessus de ses forces. Un jour, avant qu'elle rencontre le docteur Brunel, Laure était passée la voir. Sa mère avait dit : il faut que tu ailles à l'hôpital. Franchement cela représentait un effort, toute une phrase comme ça, avec un sujet, un verbe, un complément. Laure avait laissé le silence s'installer, épaissir encore. Sa mère avait conclu d'un ton neutre : alors tu vas mourir. Comme elle aurait dit alors tant pis passe-moi le sel. Laure attendait la révolte, la peur, les menaces. Elle aurait pu attendre longtemps, elle aurait pu y laisser sa peau. La souffrance, sa souffrance de mère, elle ne pouvait pas l'exprimer. Elle marchait, bouffait, dormait comme un robot, un robot programmé aux neuroleptiques, bâillonné par des régulateurs d'humeur, un robot mutique sous camisole chimique.

Un week-end sur deux, quand elle vient chez sa mère, Louise regarde la télé. Quelque part en Californie ou à Miami, elle cherche un refuge. Elle ne rate jamais *L'amour du risque*, avec Jonathan et Jennifer, les justiciers milliardaires. Ils rigolent bien tous les deux, ça fait plaisir à voir. Le dimanche soir, quand arrive l'heure de repartir à la gare du Nord, Louise se fait prier, elle ne veut pas manquer la fin de l'épisode, elle grappille minute par minute, elle traîne jusqu'à la dernière. Le train, elle voudrait bien le rater. Ça crève les yeux. Le reste aussi. Elle connaît la chanson. Son père aura une demi-heure de retard pour venir la chercher. Elle restera debout sur le petit terre-plein au milieu de la route où elles attendaient toutes les deux, quand Laure vivait encore avec elle. Elle attendra dans le froid qu'il lui fasse payer le prix d'être allée en week-end chez sa mère.

Laure a repris le métro avec son petit baluchon du week-end. Elle a peur pour Louise. Elle se hait, elle se méprise. Elle a honte de ce qu'elle est, de ce qu'elle n'est plus. Pour Louise, elle était un repère, une attache, une protection. Toutes les deux, elles faisaient corps. Laure l'a trahie. Elle est tombée malade, elle aussi, malade comme eux, malade dans sa tête. La pire des choses. La grande sœur, la bonne élève, qu'est-partie-faire-de-brillantes-études-à-Paris, s'est méchamment pris les pieds dans le tapis. Elle se vantait à voix haute d'avoir tout encaissé, tout digéré, elle avait chaussé ses bottes de mille lieues pour se barrer loin de tout ça, pour affronter le monde. Jusqu'au jour où cette enfance blessée lui est remontée d'un seul coup. Acide. Elle avait beau mâcher, ruminer, déglutir, ça ne passait plus. Elle croyait qu'elle était quitte, qu'elle avait eu sa dose. Elle croyait qu'elle pouvait s'en tirer comme ça, presque indemne, à peine un peu plus sensible, mais elle n'en finissait plus de faire rouler dans sa bouche ces petits morceaux d'enfance comme des cailloux terreux qu'elle refusait de cracher. Elle ne voulait pas grandir, comment peut-on grandir avec ces blessures à l'intérieur de soi ? Elle voulait combler par le vide ce manque qu'ils avaient creusé en elle, leur faire payer ce dégoût qu'elle avait d'elle-même, cette culpabilité qui la reliait encore à eux.

Au club des nuisibles, des gratinés, des entamés de la vie, elle a rejoint ses parents. Elle a laissé Louise avec, pour seul allié, un petit frère en pyjama, que bientôt elle ne connaîtra plus. Elle n'a pas su leur dire, à tous les deux, combien elle les aimait, ce sentiment dévorant qu'elle avait pour eux.

Laure est arrivée une demi-heure en retard à l'hôpital. On commençait à s'inquiéter. Elle a trouvé Fatia devant sa télé. On voyait qu'elle avait pleuré. Elles ont échangé un sourire rapide, mais Fatia semblait tellement absorbée par son feuilleton que Laure n'a pas posé de questions. Elle a rangé en silence ses affaires du week-end, elle a sorti de son sac le cahier et les stylos neufs qu'elle avait achetés le samedi, et quelques vêtements d'avant qu'elle avait retrouvés au fond d'un placard. Le dimanche, le docteur Brunel ne vient pas, sauf pour les urgences. Il a sa vie à lui, une vraie vie d'homme sain, une famille. Laure est sortie faire un tour dans le couloir, rien n'avait bougé, dans les chambres encore ouvertes les téléviseurs clignotent comme des guirlandes de Noël. Elle a repris son tricot en attendant le dîner. Une écharpe pléthorique.

Fatia est revenue après le repas. Elle s'est installée dans le fauteuil, elle a pris la télécommande. Sans rien demander. Sans même regarder Laure. Elle a regardé un feuilleton, et puis un autre. Elle n'avait rien apporté, ni les dattes, ni le café. Laure sentait son chagrin épaissir dans l'air. Et puis, Laure s'est endormie. À cause de cette présence muette, à côté d'elle, fragile et rassurante. Quand elle s'est réveillée, il était plus de minuit. La télé était éteinte. Fatia pleurait en silence. Elle tenait sa tête entre ses mains, ses cheveux noirs pendaient de chaque côté de son visage, comme deux serpents morts.

Fatia est restée comme ça. Longtemps. Laure cherchait en vain des mots et des histoires pour elle, comme celles du docteur Brunel, des histoires d'oasis, de princes du désert, de chameaux à cinq pattes. Laure ne disait rien. Le mari de Fatia n'était peut-être pas venu. Ou bien peut-être pleurait-elle à cause de l'infirmière du dimanche, qui l'avait dénoncée à la surveillante, cette fois où elle était rentrée ivre de permission.

Laure s'est approchée de Fatia, elle a caressé ses cheveux, elle ne savait pas bien comment faire. Quand Fatia a relevé la tête elle a dit mon corps est sec. Mon corps est sec parce que je l'ai voulu comme ça, tu comprends. Mon corps est sec et ne peut lui donner d'enfant, alors il crie, il jette les objets à travers la chambre, il donne des coups de poing dans les portes, il veut un fils, il dit qu'il n'attendra pas plus longtemps, qu'il prendra une autre femme. Mon corps est sec, Laure, parce que je le veux.

Alors Laure enlace ce corps qui brille de toute sa solitude, ce corps rendu stérile par la maladie. Aride.

8

Le lendemain, à la pesée, Laure a perdu du poids. Malgré tous les efforts du week-end. Malgré la sonde qu'elle a rebranchée pour la nuit. Elle se sent piégée dans un corps qui la domine. Elle l'attend de pied ferme, le sauveur d'âmes dans sa belle blouse, elle lui dira qu'elle lâche le manche, qu'elle n'en peut plus, que c'est trop difficile. Qu'elle n'en vaut pas la peine. Qu'on la laisse crever dans son coin, comme un chat écrasé.

Quand il est entré dans la chambre elle a d'abord vu la douceur dans ses yeux. Le docteur Brunel a des petits yeux fendus au canif, pourtant le regard est tranquille. Il avait posé ses mains dans les poches de sa blouse, une manière de dire je suis venu en paix. Il a demandé à Laure comment s'était passée cette première permission, quel effet cela faisait de se retrouver dehors. Elle a tenté de lui décrire le choc de sa présence retrouvée, la lenteur des gestes quotidiens qu'on délie comme pour la première fois. Elle a cherché ses mots, elle voulait qu'il sente ça aussi, que tout passe par le corps. Il s'est assis sur le lit à côté d'elle. Il avait l'air de savoir, encore, ce que d'autres peut-être avant elle avaient raconté, leurs voix s'étaient-elles altérées comme celle de Laure, il savait quel vertige s'emparait de ces corps frêles une fois dehors, l'émoi de leur chair revenue à la vie. Il a demandé ce qu'elle avait fait, où elle était allée, comment s'étaient passés les repas, ce qu'elle avait mangé. Elle avait mangé des nouilles au thon et du steak haché, oui, de la viande rouge, je vois que ça vous en bouche un coin, et puis des tomates en salade, pour le goûter je ne sais plus, ah si, un chausson aux pommes samedi, chez ma copine Tadrina, j'y suis allée avec Louise... Elle a continué à énumérer, mais bientôt elle n'a plus pensé qu'au soulagement immense qu'elle éprouverait à s'abandonner dans ses bras, juste une fois. Elle pense toujours à ça, à la chaleur de son corps. Elle voudrait qu'il l'aime autant qu'elle l'aime, qu'il reste avec elle, qu'il la garde en lui pour toujours, qu'il ne la laisse pas. Il en joue peut-être, avare parfois de sa présence, omniprésent. Tout cela d'ailleurs n'est peut-être qu'un jeu, dont il est le maître malgré lui, dont on ne peut plus évaluer la mise.

Il est reparti. De l'amaigrissement, il n'a rien dit. Il sait entre autres choses le prix que ça coûte, un premier week-end de permission.

Corinne est sortie. Ses parents sont venus la chercher. Elle portait un loden bleu marine. Elle avait bonne mine, une mine insoupçonnable, elle ressemblait à toutes les jeunes filles sages de son âge. Elle est venue dans la chambre de Laure pour l'embrasser. Elle voulait lui souhaiter bonne chance. Elle a dit qu'elle reviendrait lui rendre visite. Ses parents attendaient dans le couloir.

Que restera-t-il de ces rencontres, dans dix ans ? Que gardera-t-elle de Fatia, de Corinne, se reverront-elles ? Est-ce qu'elles s'en sortiront ? Pour quel genre de vie, avec quelles séquelles, à quel prix ? Laure pense à ça. Peut-être n'auront-elles en commun que le souvenir confus de cette parenthèse taillée dans leur existence, le souvenir d'un hôpital qu'elles n'évoqueront plus, une fêlure qu'elles auront à peine partagée, qui pourtant tisse déjà entre elles un lien invisible, incompréhensible.

Les chambres ne restent jamais vides. Le jour même, une jeune femme de vingt-deux ans a été admise. Elle pèse cent dix-huit kilos. Elle dit qu'elle ne mange presque rien, mais il s'avère qu'elle boit. Douze litres d'eau par jour, huit litres la nuit. On s'affaire autour d'elle. Des médecins que Laure n'a jamais vus viennent la voir. On l'emmène faire des examens. Ils finissent par décider de la sevrer, elle n'a droit qu'à quelques verres. Elle souffre, surtout la nuit. Laure observe son corps plein d'eau qui dégonfle à vue d'œil. Pour passer le temps, Catherine tricote à toute vitesse des petits pulls pour son fils. Elle a montré à Laure comment terminer son écharpe et a monté pour elle des mailles, pour un nouveau tricot.

Plusieurs fois par semaine, Laure descend au premier étage chercher les journaux pour ses voisins immobiles, *Nous Deux*, *Intimité*, *L'Équipe*. Laure s'attache à ceux qui l'entourent. Peu à peu elle reconstruit autour d'elle une famille, constituée de parents pauvres et de cousins éloignés, qui déambulent en pyjama et regardent la ville à travers les baies vitrées. Elle connaît toutes les histoires d'ulcères, de côlons et d'intestins qui circulent dans le service, et le roulement hebdomadaire des infirmières et des aides-soignantes. Le matin, Blandine vient faire le lit et le menu. Elle reste debout mais s'interrompt souvent, un petit moment, pour parler un peu. Elle dit qu'il faut tenir le coup, que Laure est beaucoup plus jolie comme ça. Elle lui raconte ce premier jour, quand Laure est arrivée, la peur que ça fait de voir quelqu'un dans cet état-là. Quand il vient récupérer le plateau, Éric lui raconte ses nuits folles en boîte, les filles dans leurs pantalons moulants, les verres qu'on ne compte plus, tandis que Régis lui décrit l'angoisse du jeune père devant le rayon couches-culottes. Des choses du dehors. Chaque jour, Anouk lui apporte des provisions d'écureuil. Elle a gardé de solides relations en cuisine, où elle a travaillé longtemps avant d'être aide-soignante au douzième. Anouk constitue petit à petit un stock alimentaire que Laure pourra rapporter chez elle, quand elle sortira. De quoi tenir un siège. Des confitures, du sucre, des madeleines et des biscuits emballés dans des sachets de cellophane, des Nutrigil à la vanille, au chocolat, qu'on sirote avec une paille. Conquise par ces attentions maternelles, Laure entasse dans son placard paquets et petites briques, comme autant de trésors d'enfant. Elle se souvient de ce temps où le sucre fondait dans sa bouche sans l'écœurer. Elle range dans l'armoire les sachets d'Anouk comme des souvenirs gourmands dont l'odeur et le froissement lui rappellent les mercredis qu'elles passaient chez leur tante, quand elles vivaient encore avec leur mère. Les jours d'hiver, Laure et Louise faisaient des puzzles, dessinaient, écoutaient des histoires. Vautrées dans le canapé ou allongées à plat ventre sur la moquette, elles se sentaient soudain à l'abri. Pour le goûter, on ouvrait les placards avec curiosité, on sortait les Daninos du freezer, on tartinait des biscottes avec du lait concentré. Laure découpait le Caprice des Dieux en petites tranches qu'elle dégustait en sandwich entre deux chips. Elle les laissait fondre entre la langue et le palais, dans un bain de salive chaude, et puis elle les avalait par petites coulées délicieuses. Laure y pense comme au temps d'avant, celui de l'insouciance. Sans le savoir, elle mangeait des chips imbibées d'huile et du fromage à soixante pour cent de matière grasse. Sans le savoir, elle était libre.

Ce soir, le docteur Brunel remarque que Laure a changé d'ouvrage. Il déclare à qui veut bien l'entendre que ce tricot lui irait très bien. Elle l'imagine dans un pull beige au point mousse, un pull « tube » comme ceux qu'elles avaient, Louise et elle, quand elles étaient enfants. Elle sourit.

Fatia veille tard dans la nuit. Quand les feuilletons sont finis, elle erre dans les couloirs ou fume des cigarettes dans sa chambre. Le matin, les aides-soignantes râlent parce qu'elle refuse de sortir du lit. Elle dit qu'elle n'aime pas le jour, elle veut qu'on lui foute la paix. Même quand Laure vient la chercher pour aller boire un coup à la cafet, elle ne veut rien savoir, elle tire le drap sur son visage, elle ne répond pas. Elle trouve ça nul, tout ça, l'hôpital, la bouffe, la vie. Elle fait grève.

Laure grossit. Elle observe le résultat de son assiduité par petits bouts, membre par membre, mais elle ne supporte plus de regarder en entier son reflet dans la vitre, quand le store est fermé. Elle se satisfait de voir ses seins gonfler, elle les regarde de profil dans le miroir, en bombant le torse. Elle est fière d'eux qui témoignent des vestiges de sa féminité, elle les voudrait plus lourds, plantés plus haut. Pour le reste, le consentement est chaque jour plus difficile. Ses joues se remplissent peu à peu, elle s'en mord les lèvres jusqu'au sang. Chaque gramme qu'elle prend semble vouloir se concentrer là, comme pour la narguer, la décourager, comme pour lui rappeler avec brutalité les joues rondes et roses de son adolescence bâillonnée, asphyxiée au grand air.

Petit à petit elle sort d'une torpeur dont elle avait à peine conscience. Petit à petit, elle retrouve malgré elle le goût des autres. Elle en paie le prix. Il se compte en kilos. Enfermée dans un frigo infernal, elle ne percevait rien d'autre que le bruit de sa respiration. Elle pouvait à peine parler. Elle ne pouvait rester plus de dix minutes au cinéma, elle ne pouvait plus lire un livre, elle était rongée de l'intérieur, elle avait perdu toute perception affective des gens et des choses, elle crevait de froid et de peur. Elle a peine à y croire. Elle revient d'une terre aride qu'elle ne peut raconter, que lui seul connaît. Elle en porte la trace en elle. Sur le chemin qui la ramène à la vie, soudain elle se rend compte qu'elle est nue. Tellement plus fragile sans son armure de glace. Elle essaie d'accepter son corps maladroit et convalescent, elle essaie de ne pas enfoncer ses ongles dans sa chair pour arracher toute cette graisse qui prolifère comme une mauvaise herbe.

Le docteur Brunel vient souvent en fin de journée, il reste un moment, pour parler un peu. Il sait combien elle est vulnérable. Il se renseigne sur la qualité des programmes télé, il regarde par la fenêtre, commence des histoires qu'il laisse en suspens, il la porte à bout de bras.

Il avait dit tu dois saisir la main qu'on te tend, accepter de l'aide, on ne peut pas se battre toujours seul. Il faut reprendre du poids pour accepter de guérir. Elle s'est laissé bercer par ce paradoxe, elle s'est laissé faire. Huit kilos qu'elle lui a offerts, ou qu'elle s'est offerts, elle ne sait plus très bien.

Laure sort souvent le soir, à la nuit tombante. L'air de Paris a des parfums d'interdit. Dans la rue elle baisse la tête, elle évite les regards. Parfois elle a peur de croiser sans le voir quelqu'un de l'hôpital. Elle va boire un thé au lait dans les cafés alentour, ou bien elle marche jusqu'à la galerie commerciale de la rue Championnet, à la sortie du métro Guy Môquet. Elle flâne. Elle touche les vêtements, les chaussures, les livres. Elle s'enivre. Elle fait semblant de croire qu'elle pourrait rester là, ou rentrer chez elle, ne plus revenir. On s'inquiéterait, on appellerait sa mère, on la chercherait un peu, à la cafétéria, dans les autres chambres de l'unité. Mais toujours elle rebrousse chemin, elle presse le pas. Il passera sûrement ce soir, après sa consultation. Elle rentre parce qu'elle a besoin de lui, de ce refuge qu'il lui a offert.

Parfois, vers midi, Laure redécouvre le plaisir de manger. Rien à voir avec le soulagement obscène du corps poussé à bout. Juste un petit cri dans l'estomac qui ne demande qu'à être satisfait. Elle aime le gratin de blettes, le poulet rôti et les entremets de semoule. Elle a rangé sa bouillotte au fond du placard avec la couverture en mohair que sa tante lui avait apportée. Elle dort d'un sommeil moins tardif, plus profond. Elle n'a plus peur de la nuit.

À l'abri du monde, la peur s'estompe peu à peu. Tous les jours les mêmes occupations, les mêmes conversations. Là où elle est, elle se sent en sécurité. Il fallait ça. Toute cette vie autour d'elle, comme une bulle. Thermomètre, prise de sang, menu, ménage, plateaux, infirmières, aides-soignantes, surveillante, prévisibles au quart d'heure près. Il fallait ça. Les draps propres et les alèses qu'on change presque tous les jours, la serpillière dans la chambre, la porte qui s'ouvre et se referme vingt fois, le médecin et l'armada des blancs-vêtus, les voisins de palier, la diététicienne. Il fallait bien ça pour éponger l'angoisse et briser la solitude. Un autre danger la guette maintenant ; dans le lino beige elle pourrait prendre racine, s'enchaîner pour toujours à cette maladie, elle pourrait oublier qu'on peut vivre autrement, se contenter de la purée en sachets et des dix mètres carrés qui lui sont impartis, bien au chaud, engourdie, à l'abri de l'angoisse qui ronge l'âme.

87

Hospitalisée pour décrocher, Julia est arrivée dans le service un matin sous un prétexte hépatique. Elle carburait à l'héroïne. On lui fait des piqûres pour la douleur et on lui fournit des tranquillisants. Le soir de son arrivée, Laure fume une cigarette avec elle, dans le salon de repos. Elle a laissé Fatia en tête à tête avec Columbo. Elles échangent quelques banalités en guise d'approche. Pourquoi t'es là, depuis quand. Julia boirait bien quelque chose de chaud. Laure galope ventre à terre chercher sa Thermos et ses sachets de tisane. Elles s'enfoncent ensemble dans la nuit, elles comparent leurs histoires, elles ne peuvent plus s'arrêter de parler. En écho à la défonce de Julia, Laure raconte l'ivresse du jeûne, les crises d'angoisse comme des crises de manque. Elles ont en commun ce sentiment de puissance, ce sentiment de déchéance, inextricablement mêlés. Elles savent aussi qu'il est trop tard pour mourir. À mesure que le temps passe, Julia a les yeux de plus en plus jaunes. Laure sent que la fatigue creuse son visage. L'infirmière de nuit leur ordonne d'aller dormir.

Dans le noir, Laure a mis son walkman sur ses oreilles pour ne pas entendre le ronronnement de la machine. Elle se laisse bercer. Elle attend le sommeil. Elle revoit soudain cette femme avenue René-Coty qui l'avait arrêtée en pleine course pour lui demander si elle entendait les moineaux. Elle cherche dans son souvenir les rues, les boulevards, les quartiers qu'elle a traversés de long en large, elle retrouve les itinéraires, calcule le nombre de kilomètres qu'elle s'enfilait chaque jour. Elle ne savait plus rien faire d'autre.

Fatia part ce matin. Elle est vêtue de noir. Laure regarde ces minuscules tatouages sur son visage, comme des points de suspension, dont elle ignore la signification. Son mari n'a pas pu venir la chercher, il travaille sur un chantier. Elle va rentrer chez elle, juste à côté de l'hôpital, elle va fermer les rideaux, faire la vaisselle, éplucher des légumes. Elle allumera la télé, elle regardera les feuilletons du matin, et ceux de l'après-midi. Des femmes en tailleur mauve qui pleurnichent sur leur canapé de cuir, des vieux beaux en costume trois pièces qui noient leurs soucis dans des verres de whisky, des adolescentes aux cheveux blonds, offertes au soleil de Californie. Ses yeux sont tristes. Fatia sait qu'elle reviendra, le temps de perdre tous ces kilos qu'on lui a collés sur le corps. Elle est anorexique, un mot qui n'existe pas dans sa langue, ni dans sa culture, un mot qui s'est accroché à elle, dans l'humidité de sa cuisine, porte de Clignancourt.

Laure l'accompagne en bas, jusqu'aux portes vitrées. Elles s'embrassent. Fatia lui dit quelque chose en arabe, un vœu ou une prière. Laure regarde sa petite silhouette brune s'éloigner. Elle a mal au cœur.

Laure a renoncé au tricot. Elle est trop nulle. Elle a donné ses pelotes de laine à Catherine, la jeune femme obèse qui réapprend à boire de l'eau avec modération. Elle a décidé de se mettre au collage. Elle commence par découper. Ça prend plusieurs jours. Elle réclame à ses amis des magazines, elle descend au kiosque en acheter quelques-uns. Elle découpe au fil des pages des paquets de pâtes, des boîtes de conserve, des plats cuisinés, des crèmes renversées, des tablettes de chocolat, des sachets de bonbons, des rôtis crus, des poissons morts, des marmites fumantes, des poulets ficelés, des pamplemousses ouverts en deux, des tubes de mayonnaise, des bouches ouvertes. Maintenant elle colle. Scientifiquement. Amoureusement. Elle remplit une large feuille de ces victuailles de papier, serrées les unes contre les autres, elle ne laisse pas d'espace. Et puis elle découpe des lettres dans les journaux. Elle les colle une à une. Elle écrit : « la bouffe c'est pas du gâteau. » Quand son œuvre est achevée, tandis qu'elle la tient à bout de bras devant elle, face à ce désordre absolu, illogique, elle éprouve soudain un sentiment de satisfaction immense. Le soir même, elle offre au docteur Brunel ce cadeau encombrant qui pèse beaucoup plus lourd qu'il n'y paraît.

Un autre jour elle commence une lettre pour lui. Par petits morceaux. Elle abandonne provisoirement son cahier. Elle lui écrit la peur d'hier et celle d'aujourd'hui. Elle lui parle pour la première fois de Lanor, baptisée ainsi à une heure tardive tandis qu'elle retrouvait sa mine blafarde et ses yeux cernés dans le miroir de sa salle de bains. Lanor, l'anorexique, le squelette titubant pendu à ses basques, qui lui chuchote encore son dégoût à l'oreille et se réjouit de ses errances. Lanor qui la brûle de l'intérieur. Elle écrit par petits bouts ce cri infini jusque-là resté muet. Ce cri qu'ils n'ont pas su entendre. La vacuité de sa carcasse mise à nu, tout ça pour rien.

Un jour elle lui donne la lettre. Plus tard, il lui demande s'il peut la lire à ses étudiants. Elle cherche à mettre des mots sur ces petits îlots de vie qui recommencent peu à peu à battre en elle. Elle refait le chemin à l'envers. Elle écrit encore. Des lettres à Pierre qu'elle ne lui envoie pas, des lettres à Tadrina, à ses grands-parents, une lettre au prof de français qu'elle avait en Seconde et en Première, qui lui a donné le goût des Lettres. Elle découpe tout ce qui lui tombe sous la main. Elle colle sur des feuilles Canson de couleur. Elle accroche les collages dans sa chambre. Elle écoute la radio de plus en plus fort. Elle danse quand la porte est fermée. Elle téléphone debout. Elle fait des abdos sur son lit. Elle descend à la cafétéria, se fait de nouveaux amis dans d'autres services, va leur rendre visite, revient, repart. Elle ne tient plus en place. Elle s'étourdit pour ne pas penser à son corps qui gonfle à vue d'œil.

Fatia disait toujours si tu ne penses pas, alors ça va.

9

« Tu préfères papa ou un yaourt ? »
C'était une question rituelle. Depuis l'enfance. Elle en cachait beaucoup d'autres, tu préfères papa ou maman, tu préfères papa ou la maîtresse, papa ou Louise, papa ou le reste du monde ? Il a toujours trouvé que Laure en mangeait trop, des yaourts. À force, il paraît que ça décalcifie.

Ce n'est jamais assez, cet amour qu'on lui donne. Son père souffre d'être mal aimé, il souffre de ce vide qu'il creuse autour de lui, peu à peu, malgré lui. Il souffre d'un mal étrange, un mal qui le ronge aussi. Il détruit tout, les attaches, les sentiments.

Laure a fait la connaissance de Madame Bauer quand celle-ci est entrée un soir dans sa chambre en lui déclarant qu'elle avait de belles chaussettes. Des chaussettes de tennis. Quelqu'un lui avait dit que « la petite fille du bout avait des biscuits ronds ». Et précisément, Madame Bauer avait un petit creux. Laure a sorti son stock de madeleines, Petit Lu, gaufrettes et autres galettes pur beurre, il y en a pour tous les goûts, servez-vous. Madame Bauer l'a regardée avec beaucoup de reconnaissance dans les yeux. Elle n'a pas l'air comme ça, dans sa robe de chambre élimée, mais elle a été Miss Autriche en 1935. Elle s'est excusée d'être si vieille et si peu soignée.

Depuis, Madame Bauer ne rate jamais une occasion de lui montrer sa photo de Miss Autriche. Elle vient chaque jour puiser dans la réserve de Laure. Elle se trompe toujours de porte quand elle veut regagner sa chambre et n'en finit plus de s'excuser. S'inquiète de la décence des chemises que lui fournit l'hôpital. Laure a de la peine pour elle, pour cette solitude qui colle à ses mules et ce corps flétri qu'on distingue à travers sa robe de chambre. Laure réalise à quel point sous l'enseigne « gastro-entérologie » évolue une tribu hétéroclite et hors de propos. Toxicos, ulcéreux, anorexiques, inadaptés et gâteux de tous poils gémissent de concert. Ils en ont gros sur la patate ou sucrent les fraises. Madame Bauer partage sa chambre avec une autre vieille dame qu'on entend crier à l'autre bout du couloir. Un genre de tyran du troisième âge qui passe ses journées à lui donner des ordres contradictoires que Madame Bauer exécute sans discuter, avec une gentillesse extrême, s'excusant sans cesse de ne pas être plus rapide ou de ne pas trouver le petit châle rouge que l'autre lui commande de lui rapporter sur-le-champ. Ne pouvant pas sortir de son lit, la vieille parle ou geint en continu, que Madame Bauer soit dans la chambre ou qu'elle n'y soit pas. Des monologues entrecoupés de cris, qui envahissent le couloir par la porte laissée ouverte en permanence. Elle réclame le bassin, les infirmières, les médecins, la surveillante, elle prodigue des conseils avisés à des amis imaginaires suspendus au-dessus d'un précipice, ne regarde pas en bas, surtout, ne regarde pas, fais un pas sur le côté, doucement, attrape le rocher, sur ta gauche, prends appui avec le pied, tu m'entends là ou non ? Dans sa voix, Laure entend la panique et la mort qui approche.

Elle prend ça trop à cœur, Laure, toute cette vieillesse qui gémit, qui crache, qui appelle. Elle leur donnerait bien tout son stock de biscuits ronds, et les carrés aussi. Tout ce privilège qu'elle a d'avoir dix-neuf ans et tout ce temps devant elle. Madame Bauer n'a pas voulu. Vous devez les garder pour vous, une petite fille bien trop maigre comme ça, c'est vraiment dommage... Anouk continue d'apporter des suppléments en plus des suppléments. Laure emmagasine et consacre tous les jours quelques minutes à la gestion de son stock. Elle n'est pas tout à fait sûre de vouloir rapporter tout ça chez elle, le jour où elle sortira.

Au salon de repos, les aides-soignants font un petit break. Jocelyne lit des magazines, et Régis joue au rami avec le vieux Russe qui se plaint de solitude depuis que le muet est parti. On entend soudain les claquettes de la surveillante. Ils relèvent tous les deux la tête et jettent un regard interrogateur à Laure qui est assise face au couloir. Oui, elle vient par là. D'un même bond, les voilà au garde-à-vous, les cartes sont rangées et le journal a disparu. Laure commence à faire partie des meubles.

Faut bien du courage pour arrêter de manger, dit un soir une dame en robe de chambre matelassée.
Laure ne tente pas d'expliquer. Elle dit non madame, ça n'a rien à voir.

Le docteur Brunel, lui, il aurait su dire. Le jeûne comme toute-puissance, comme une forteresse. À jeun, le guépard est capable d'affronter tous les dangers. La limace de mer aussi.
À jeun, elle se sentait plus forte, inaccessible. Maintenant, c'est autre chose.

Quand il entre dans sa chambre et constate sa mauvaise humeur, sa sensibilité à fleur de peau, quand elle s'effondre devant lui, secouée par la colère, elle sait qu'il ne s'agit plus maintenant de sa survie, mais de sa guérison. Elle reprendrait bien ce corps qu'elle a déposé à ses pieds, non seulement parce qu'elle juge souvent contestable la couleur de ses chaussettes, mais aussi – elle ne peut pas encore lui avouer – parce qu'elle n'est pas sûre de vouloir renoncer à sa révolte. Elle ouvre les yeux et voudrait hurler à en perdre le souffle sa terreur d'en être arrivée là.

« Si je pouvais, comme ça, d'un coup de baguette magique, t'offrir dix kilos, est-ce que tu les accepterais ? »
Sous son regard elle baisse les yeux.
Elle dit non. Il sourit et elle voudrait être dans ses bras.

Quand elle se referme, la porte fait un bruit de soufflet.

La nuit, les infirmières viennent purger la nutripompe. Laure ouvre un œil, se retourne dans son lit. Il ne faut surtout pas sortir du sommeil, sinon Lanor reprend le dessus. La nuit, Lanor est plus forte que la sonde, elle ronge, elle absorbe, elle engloutit tout. Elle bouffe du kilo à gogo. Elle résiste, elle est comme un organe rebelle qu'il faut faire taire. Elle poursuit Laure par des voies détournées, la persuade de sa lamentable inutilité, de sa rechute inévitable. Elle l'empêche de dormir ou envahit ses rêves de viande crue, d'odeurs saturées, de frites suintantes.
Mais Laure serre Lanor dans ses bras. Elle le sait. Elle serre trop fort ce monstre en elle qui refuse de grossir, ce monstre aveugle, cette petite fille aussi,

coupable de ne plus vouloir grandir, coupable d'avoir abandonné sa sœur.

Le docteur Brunel parle de la défonce anorexique qu'elle reproduit tout en s'alimentant, des mécanismes qui font que son cerveau recherche un état semblable. Elle est nue comme une limace repue et la nuit la dévore, à l'intérieur.
Elle a mal à ses joues qui se remplissent et aux rondeurs qui s'esquissent, elle souffre de cette chair qui prolifère sur elle comme une greffe exponentielle.
Il sait tout ça. Il devine toujours cette urgence qu'elle a de lui. Chaque soir, elle se dit qu'elle va donner le change, lui jouer la fille désinvolte et bardée de lard, qui assume tout ce gras qu'elle produit malgré elle, celle qui a tout compris. Elle voudrait le convaincre qu'elle peut finir le boulot toute seule, qu'elle est hors de danger. Fidèle à sa visite quotidienne, il s'assied sur le lit, incisif, il teste, il observe. Chaque soir il trouve la phrase ou la question qui feront mouche, tu m'as l'air très tendue, chaque soir elle maintient le couvercle deux ou trois minutes, elle soutient son regard avec arrogance et puis elle explose dans un flot ininterrompu de morve et de sanglots. Elle remplit les Kleenex les uns après les autres, amorce quelques paroles douloureuses entre deux hoquets désabusés. Allongée sur son lit, elle a honte. Elle voudrait se dissoudre instantanément. Comme un sachet de sucre dans un thé brûlant.

Inexorable et anorexique, elle a dit vous voyez bien comme ces mots se ressemblent. Mais ça, il n'y croit pas.

« Ça me fait drôle d'être en tenue de ville, après toutes ces semaines passées ici. Vous, ma pauvre, vous en avez encore pour un moment. Enfin, c'est vrai que vous avez quand même une meilleure tête qu'à votre arrivée. Le corps aussi, d'ailleurs, mais bon, il y a encore du pain sur la planche ! Ah ah ! C'est le cas de le dire ! Enfin, je suis venue vous dire au revoir, parce que vous voyez ça me fait quand même bizarre de partir. Ils m'ont trouvé une maison de repos dans le Loiret, quelque chose de très bien pour les convalescences sous haute surveillance. Parce que vous savez, je ne suis pas tirée d'affaire non plus. Enfin, c'est pas pareil. Vous, il ne tient qu'à vous. Vous voyez, on s'attache aux gens qui nous entourent, l'hôpital, ça crée des liens. Alors c'est pour ça, je vous offre ce petit flacon d'eau de rose, il est tout neuf, c'est très bien pour la peau, ça apaise. Tenez, sentez, c'est délicieux. Il vous reste combien de kilos pour sortir ? Ah, quand même. Enfin, si vous ne jetez pas votre nourriture dans les toilettes, vous allez finir par y arriver. Le tout, c'est de continuer à bien manger quand vous serez sortie, de ne pas recommencer. Parce que vous savez il y a beaucoup de rechutes dans cette maladie. Les maladies de la tête, c'est comme ça, c'est incurable parfois. Cette femme algérienne qui venait tout le temps dans votre chambre, il paraît que c'était au moins la cinquième ou sixième fois. Après tout, c'est une question de volonté. Bon, il faut que j'y aille. Mon taxi est prévu dans un quart d'heure. Je vais chez mon cousin qui me conduira là-bas ce soir. Bon, allez, bon courage quand même. J'ai été contente de vous rencontrer. »

La bleue tourne les talons. Elle porte cette fois un manteau mauve hideux. Sur le pas de sa porte, Laure la regarde s'éloigner. Un peu plus elle verserait une larme. C'est pas possible d'être sensible à ce point. Un peu plus elle lui agiterait le mouchoir en la remerciant pour tous les monologues qu'elle lui a infligés, toute cette connerie en tube qu'elle déversait, y avait pas moyen de refermer le bouchon. C'est vrai, elle est presque triste. Toute cette solitude qui colle aux gens, ça fout le moral à zéro, c'est tout.

Sur une photo prise quelques jours avant son hospitalisation, elle découvre ce rictus qu'on ose maintenant lui décrire. La fixité du regard, son visage tiré, sa peau presque transparente. Une copine lui raconte un jour les stratagèmes dont elle usait lorsqu'elles avaient rendez-vous, pour voir Laure d'abord à son insu, cachée derrière un pilier ou un Abribus, avoir le temps de s'habituer. Ils disent tu faisais tellement peur, tu avais l'air tellement déterminée, tellement lointaine. Ils disent on ne savait pas comment t'aborder, te parler, tu étais inaccessible. Nous aussi, on faisait des efforts pour avaler notre salive. Ils la regardaient s'étioler, de l'extérieur, avec une sorte de résignation désolée. La plupart se sont tus, ils ont fait comme si de rien n'était, ou bien ils se sont éloignés, en sifflotant. Certains ont cessé de la voir, mais les autres se sont accrochés aux rideaux. Elle pense à ceux-là qui ne l'ont jamais laissée tomber, qui continuaient d'appeler, de passer, sans jamais rien recevoir d'elle. Elle promettait pots, cinémas, bouffes, toujours impossibles, reportés, annulés. Elle gavait son agenda de rendez-vous et s'enfonçait chaque jour un peu plus dans la solitude. Elle jonglait avec les prétextes, les excuses, les imprévus, parce qu'elle ne pouvait plus suivre, parce qu'elle ne pouvait pas dire, tout simplement, je ne peux plus, je ne peux plus m'asseoir, voilà c'est tout. Je ne sais plus rien faire d'autre que brûler mon corps de l'intérieur, ça me donne l'impression d'avoir chaud. Elle ne pouvait pas leur dire. Quand elle a perdu jusqu'à sa voix, ils tendaient l'oreille et lui demandaient, compatissants, si elle était enrhumée. Il n'y avait que Tad pour gueuler, Laure ce n'est pas possible, qu'est-ce que tu veux, merde, qu'est-ce que tu cherches ? Une fois, Laure avait répondu. Je veux mourir. Tad s'était levée, hors d'elle, elle avait crié, ce n'est pas vrai, Laure si tu voulais mourir il y a longtemps que ce serait fait, tu es bien placée pour savoir que certains moyens sont beaucoup plus expéditifs. Laure n'avait pas pleuré, les larmes s'étaient taries depuis longtemps, elle était sortie en claquant la porte. Elle aurait voulu être capable de remercier Tad, elle l'avait fait beaucoup plus tard.

Quand Laure était enfant, sa mère voulait mourir. Elle parlait du suicide comme d'un acte très noble mais très triste aussi. Quand Laure avait dix ans, le frère de sa mère est mort. Il s'est tiré une balle dans la tête. Le matin même, il avait acheté son litre de lait. Laure se souvient de ça, ce détail absurde qu'elle avait entendu au détour d'une conversation, il avait acheté son litre de lait. Un peu plus tard, le cousin de sa mère aussi. On ne sait pas s'il avait fait ses courses. On sait seulement qu'après, ces morts-là rongent les familles par petits bouts. Sa mère venait de perdre son troisième frère, sa mère disait c'est un tel effort de vivre. Sur le miroir de la salle de bains, au rouge à lèvres, elle avait écrit : « Je vais craquer. » Pendant des jours, des semaines peut-être, Louise et Laure se sont lavé les dents avec la mort de leur mère tatouée sur leur visage. Quand elles rentraient de l'école, elles avaient peur du silence. Peur de la trouver là, étendue sur la moquette grise.

C'est un tel effort de vivre. Ce sont les mêmes mots qui lui viennent à la bouche, des mots qui l'inscrivent dans cette lignée de blessures intactes.

Quand elle est arrivée à l'hôpital, elle n'avait plus de cul mais une raie des fesses large comme une tranchée. Elle devait maintenir le thermomètre avec la main pour qu'il ne tombe pas. Elle se cognait aux draps comme si les os trouaient sa peau. Elle constate chaque semaine les améliorations, fait l'inventaire des avantages. Les jours convalescents se ressemblent, elle se rassemble. Des détails sordides reviennent d'on ne sait où. Le vinaigre qu'elle déversait sur la salade, l'eau gazeuse dont elle se remplissait pour mieux se ronger. Elle pense à ces soirées qu'elle passait, le dos contre le radiateur, à recopier des recettes de cuisine. À partir de magazines, elle constituait des classeurs culinaires : le veau, le bœuf, les tartes, les pâtes. Elle répertoriait. Elle mettait en pratique aussi, quand elle vivait encore chez Tad, confectionnait des gâteaux, mijotait des petits plats en sauce, sans jamais goûter, sans jamais tremper le petit doigt. Elle se plaisait à les gaver, Tad et les copains qui passaient par là, à les voir craquer sur le délice amandes-chocolat et se resservir, lichette après lichette, par pure gourmandise. Elle ne touchait à rien de tout ça. Elle descendait leur chercher des croissants le matin, posait le sucre sur la table. Pour lui plaire, il fallait bouffer. Maudits ceux qui n'avaient pas faim, parce qu'il fallait marquer la différence.

Sur son cahier elle a écrit je ne serai pas récidiviste, une incantation plutôt qu'une certitude. Elle voudrait y croire. De toute façon, c'est bien connu, il ne faut jamais recongeler un produit décongelé.

Ce soir Laure s'est assise dans un fauteuil pour fumer une cigarette. Les portes se sont refermées, les infirmières font leur dernier tour. Au salon-repos, on papote, on attend le sommeil. Une vieille dame est sortie de sa chambre à petits pas. Elle a décrété qu'elle devait prendre le métro sur-le-champ. Il était 10 heures et sa robe de chambre ouverte laissait voir un corps glabre et desséché. Elle a commencé par se renseigner auprès de diverses personnes sur le prix actuel d'un ticket de métro puis, faisant confiance à

Laure, « la Parisienne », a soutiré cinq francs à Miss Autriche qui lui a souhaité plusieurs fois bonne chance, bon voyage et bon courage. Dix fois de suite, elle a fait le tour du couloir. Ses cinq francs dans une main, dans l'autre un ticket usagé que lui avaient donné les infirmières. À chaque tour elle repassait devant le petit groupe amusé, s'arrêtait, étonnée de se retrouver au même point, demandait quelques renseignements complémentaires, et repartait, encouragée chaque fois par Madame Bauer qui lui recommandait de se dépêcher pour ne pas rater le dernier métro. Laure a suggéré qu'il était peut-être plus raisonnable d'attendre demain. Après une bonne dizaine de passages, l'intrépide a fini par reporter son expédition. À côté de Laure, Monsieur cent-trente-kilos – moins quelques-uns, à force – a constaté d'un ton amer qu'il fallait être plusieurs pour en rire. À ce moment, à l'autre bout du couloir, une femme a crié apportez-moi le bassin. Laure s'est levée et a regagné sa chambre, parcourue de frissons.

Laure a abandonné les magazines. Elle découpe maintenant des silhouettes dans du papier Canson. Des hommes et des femmes de couleurs différentes qu'elle colle avec soin, ils se font face, se suivent ou se tournent le dos. Ils sont toujours en mouvement, ils ne sont jamais gros.

Un soir, Laure entraîne Julia pour une de ses petites fugues à la nuit tombante. Julia est difficile à convaincre, elle a peur d'être surprise, qu'on la soupçonne d'être sortie pour se procurer de la dope. Allez, ça te fera du bien, un peu d'air, une bonne bouffée de périph, Julia finit par accepter. Elles vont boire un thé dans un café du boulevard Ney. Julia tremble un peu. Sa peau est pâle, ses lèvres presque transparentes. Elle est comme une éponge, malgré les cachets qu'elle s'enfile toute la journée. Perméable. Vulnérable.

Elles attendent simplement que le temps passe. Il faut que le temps passe pour en être plus loin, pour sortir de là. Elles comptent les heures, les jours, elles s'épuisent.

La bleue a été remplacée par une anorexique de premier choix. Si elle savait. Laure sourit à cette idée, lui écrire une petite carte de Paris, chère Marie-France, figurez-vous qu'à peine aviez-vous le dos tourné, non contents de s'être enfin débarrassés de vous, ils ont installé à votre place un squelette, un vrai, croyez-moi, qui déambule en caleçon moulant dans les couloirs, histoire d'exhiber encore un peu d'os à la face du monde (comme il se doit).

Catherine est sortie avec un traitement et quelques recommandations, après avoir perdu quelques dizaines de kilos d'eau. Elle avait hâte de retrouver son fils. Monsieur Palmier se remet péniblement de la semaine de jeûne complet qu'on lui a infligée. Il dit le plus dur, c'est quand on entend le bruit de la tortue, qu'il est midi et qu'on sait que les autres vont s'installer devant leur plateau. Il dit on en pleurerait parfois. Laure n'ose pas lui demander combien il a perdu depuis son arrivée.

Un matin, sa belle-mère lui téléphone, de la part de son père. Lui, il n'a plus la force. Tout ça le mine, tu sais, et puis il a d'autres chats à fouetter, avec son boulot, tous ces soucis à cause de ta mère, et Louise qui nous fait sa crise d'adolescence. Elle s'insurge que Laure soit encore là, à l'hôpital, comme un coq en pâte. Ça veut dire quoi le dégoût, quand on a presque vingt ans et un physique de starlette ? Elle dit faut se botter le cul, Laure, faut se botter le cul. Ça lui va bien de dire ça, elle qui n'a jamais rien fait de ses dix doigts. Si elle savait. Qu'est-ce qu'elle foutait, elle, de ses journées alanguies, à part picoler en cachette pour oublier toute la vacuité de son existence, toute cette culpabilité peut-être d'être complice de tout ça, de voir son fils descendre dans la nuit, réveillé par les éclats de voix, pourquoi elles pleurent Laure et Louise ?

Quand Laure a raccroché, la mère de Tad est entrée dans la chambre. Laure était hors d'elle. Elle lui a jeté son camembert à la figure, elle a gueulé alors on vient voir le fauve bouffer ? La mère de Tad a constaté qu'elle ne retournait plus sa violence contre elle-même, elle a trouvé ça très positif.

Un jour Anouk vient chercher Laure pour lui faire visiter les cuisines. Au sous-sol, elle a ses entrées. Laure assiste fascinée à la confection des plateaux. Les aliments sont gardés au chaud dans de grands bacs d'aluminium, des bacs entiers de poissons carrés, d'escalopes de veau, de ratatouille. Le personnel porte des gants de caoutchouc et des charlottes sur la tête. Les plateaux circulent sur un tapis roulant et sont remplis un à un, conformément à la carte imprimée par l'ordinateur. Ils sont ensuite disposés dans les tortues qui somnolent en bout de chaîne. Les chariots montent seuls dans les étages par les ascenseurs réservés au service. Anouk discute avec d'anciens collègues et profite de la visite pour emplir ses poches de petites compotes longue conservation qu'elle donnera à Laure. Laure a du mal à détacher ses yeux de cette fourmilière.

Le docteur Brunel maintient la pression. Quand il s'approche d'elle, il garde les mains dans les poches de sa blouse. Il ne la prendra jamais dans ses bras, elle doit s'y résoudre. À cause de cette pudeur qu'il y a entre eux, comme une barrière invisible, ces choses qu'on ne dit pas. Tantôt il parle, il explique, il rassure, tantôt il vient et s'assoit, il observe en silence. Le docteur Brunel est aussi un émetteur non verbal de haute capacité. Laure déballe à ses pieds, par petits paquets compacts, cette faim de vivre qui l'a rendue malade, elle le comprend maintenant, cet appétit démesuré qui la débordait, la débraillait, ce gouffre insatiable qui la rendait si vulnérable. Elle était comme une bouche énorme, avide, prête à tout engloutir, elle voulait vivre vite, fort, elle voulait qu'on l'aime à en mourir, elle voulait remplir cette plaie de l'enfance, cette béance en elle jamais comblée.

Parce qu'il faisait d'elle une proie offerte au monde, elle avait muré ce désir dans un corps desséché, elle avait bâillonné ce désir fou de vivre, cette quête absurde, affamée, elle se privait pour contrôler en elle ce trop-plein d'âme, elle vidait son corps de ce désir indécent qui la dévorait, qu'il fallait faire taire.

« Chère Marie-France, vous nous manquez. Vous n'imaginez pas combien le service a changé. Blandine est partie en congé maternité et sa remplaçante s'avère plutôt revêche. L'ordinateur pète complètement les plombs depuis hier, steak haché-purée pour tout le monde, vous imaginez le topo. L'anorexique dont je vous ai parlé, Anaïs, figurez-vous qu'elle change de tenue trois ou quatre fois par jour, un vrai défilé de cintres. Nous discutons souvent dans sa chambre, elle n'ouvre jamais les stores et boit du thé toute la journée. On se raconte nos folies respectives, elle pleure souvent. Ah, ces maladies de la tête, vous savez ce que c'est. À vrai dire, elle est au moins aussi atteinte que moi et je me sens soudain beaucoup moins seule. Elle a refusé qu'on lui pose une sonde et elle jette la moitié de ses plateaux dans les chiottes. Bon, Marie-France, je vous laisse, mes suppléments m'attendent. À quatre mille cinq cents calories par jour, je grossis doucettement. Je vous remercie pour l'eau de rose qui sent divinement bon. »

Laure écrit des cartes imaginaires à la bleue dont le souvenir la poursuit. Une méchante femme fragile et bouffie. Un monstre de solitude aussi. Elle passe maintenant une bonne partie de ses journées avec Anaïs qui a tapissé sa chambre de photos découpées dans les magazines de mode. Anaïs se nourrit exclusivement de bonbons et de sucre en poudre. Le reste, elle le jette ou le vomit.

Laure observe son corps à la dérobée, elle a peine à croire qu'elle lui ressemblait, qu'elle était pire peut-être, comme une virgule assoiffée, prête à se briser. Un soir, Anaïs lui montre une photo d'elle prise par sa sœur, avant qu'elle soit malade. Laure peut à peine la reconnaître. Elle touche du doigt le portrait comme s'il était truqué, Anaïs fixe l'objectif, ses yeux sont brillants, sa peau est lisse, un peu hâlée, elle semble si confiante. Laure tente de la convaincre qu'elle était beaucoup plus jolie. Anaïs sourit, perplexe. Elle a le visage en creux, ce rictus caractéristique de la dénutrition, un duvet brun au-dessus des lèvres, ce regard hagard et lointain que Laure est aujourd'hui capable d'identifier entre mille. Hospitalisée par ses parents, Anaïs refuse de capituler. Elle gagne du temps.

Quand le temps s'arrête, quand elles n'ont plus rien d'autre à faire que regarder les horloges, elles jouent à cache-cache. Anaïs compte jusqu'à cinquante, Laure cherche un refuge. L'objectif est de s'incruster dans une chambre, si possible de refermer la porte derrière soi. Anaïs doit trouver Laure parmi les vingt-deux chambres de l'unité. Laure est chez Madame Bauer, cachée derrière son lit. Madame Bauer rit tellement que Laure a peur que son cœur lâche ou qu'elle perde son dentier.

Une autre fois, elles jouent à chat. C'est beaucoup plus difficile. Jouer à chat sans en avoir l'air. Parce qu'une anorexique qui court, dans un service de nutrition, c'est forcément suspect.

Quand la surveillante n'est pas là, elles guettent la tortue à la sortie de l'ascenseur, grimpent sur la bestiole, hésitante et fière sur ses rails, et se laissent porter, sans poser le pied à terre, jusqu'à l'entrée de l'unité.

Quand elle parle avec Anaïs, Laure fait l'épreuve de son renoncement. Parce qu'elle a pris dix kilos, parce qu'elle a accepté qu'on lui enfonce un tuyau dans le nez, elle a le sentiment d'avoir trahi une cause obscure et impérieuse. Elle sait qu'Anaïs lui en veut. Elle sait que ça la dégoûte un peu, le corps de Laure qui reprend forme, cette capitulation. Cet air de bonne élève qu'elle a parfois, ce ton raisonnable – revenu à la raison – qu'elle utilise pour lui parler. Sans rien dire, Anaïs l'appelle de toutes ses forces, sans le savoir elle s'accroche à elle, la supplie de ne pas renoncer, de ne pas se laisser faire. Laure se déchire, elle hésite peut-être un peu. Elle appartient encore malgré elle à ce monde opaque dont elle a transgressé les lois. Mais elle ne peut faire marche arrière. Anaïs, elle, ne concède rien. Elle va droit dans le mur. Le docteur Tannenbaum, qui la suit, lui répète que si elle ne joue pas le jeu, elle ne pourra pas rester dans cet hôpital. Anaïs raconte à Laure ses accès de boulimie, les soirées de baby-sitting où elle vidait les placards, méthodiquement, et dégueulait tout dans les toilettes. Anaïs essaie de lui faire sentir la honte qu'elle porte en elle, ces kilos de bouffe ingurgités sans distinction, le beurre à même les mains.

Qu'on gerbe ou pas, le résultat est le même. Le corps se vide.

Elles partagent le soir les confidences d'une folie en miroir. Une fois Laure prend dans ses bras ce petit corps secoué de sanglots. Dans la chambre d'Anaïs flotte une odeur suave de confiture.

10

Laure a dépassé le seuil des quarante-cinq kilos qui correspondent, pour sa taille, au poids « minimum viable ». Cela fera bientôt trois mois qu'elle est à l'hôpital. On ne la pèse plus qu'une fois par semaine, c'est dire toute la confiance qu'on a maintenant dans sa guérison. Elle a mis fin à sa période « collage », comme elle avait un soir abandonné, sur un coup de tête, son tricot et ses pelotes de laine. Elle avait des ampoules au pouce à force de découper. Elle dessine un peu, elle passe pas mal de temps au téléphone. Les soirées lui semblent interminables. À 19 h 30, le repas est terminé, la tablette nettoyée d'un coup d'éponge, la porte se referme derrière l'aide-soignante. L'équipe de nuit n'est pas encore arrivée. Avant de partir, les infirmières font une dernière tournée pour voir si tout va bien et distribuer les derniers comprimés. Le temps s'étire entre les doigts, comme un morceau de chewing-gum trop longtemps mâché. Le silence s'installe, quelques visiteurs s'attardent au-delà du couvre-feu. Laure a du mal à rester seule dans sa chambre. Elle passe un ou deux coups de fil et puis elle chausse ses pantoufles de sept lieues, pour descendre au neuvième où elle a quelques accointances. Elle passe faire un coucou dans une chambre, s'attarde dans une autre. Elle apporte quelques biscuits, elle écoute la souffrance des autres, leur peau tuméfiée, leurs ventres ouverts, leur chair recousue, des histoires d'agrafes, de pansements et de points de suture. Elle a prêté son walkman à Patricia qui ne peut plus s'endormir sans. Patricia vient d'être opérée de la rate, elle respire comme un phoque mais rêve toute la journée au pétard qu'elle ira fumer dans les escaliers, dès qu'elle pourra se lever.

Elle retrouve Anaïs dans sa chambre. Depuis deux jours, Anaïs ne veut plus sortir. Elles échangent des vêtements, elles s'observent, elles se racontent ces trucs insensés qu'elles faisaient, avant d'être à l'hôpital. Elles s'interpellent, du haut de leur forteresse, elles tendent leurs mains. Elles sont côte à côte, s'éloignent, se rapprochent parfois, le temps d'un Kleenex.

Le docteur Brunel lui a accordé une deuxième permission pour le week-end. L'hiver est venu avant l'heure, sans qu'elle s'en rende compte. Les premières guirlandes de Noël s'enlacent dans les vitrines. Elle rapporte chez elle le stock constitué par Anouk qu'elle range dans le placard de la cuisine. Elle descend faire quelques courses pour Tadrina qu'elle a invitée à dîner. Elle s'arrête devant les boutiques de fringues, elle entrerait bien acheter quelque chose, n'importe quoi, pour être jolie, pour plaire au docteur Brunel qui aime le bleu. Elle n'ose pas. Elle n'est qu'une forme transitoire, sans contours, trop grosse pour se voir nue dans un miroir, trop maigre encore pour investir dans les vêtements d'une vie toute neuve. Elle est entre-deux, elle le sait, pour longtemps encore, entre une maladie à laquelle elle ne peut tout à fait renoncer, et des lendemains qu'elle ne peut encore entrevoir. Louise est chez son père, elle n'a pas pu venir ce week-end. Chez elle, Laure allume la radio, c'est comme un lien musical qui la relie à l'hôpital, un cordon sanitaire. Elle trie quelques papiers, écrit une page ou deux sur le cahier qu'elle trimbale partout, passe un coup d'aspirateur, laisse la fenêtre ouverte en grand pour aérer. Quand Tad sonne à la porte, Laure éprouve un soulagement qu'elle n'ose pas s'avouer. Elle va pouvoir faire fondre les oignons dans la poêle, mettre l'eau à chauffer pour les pâtes, elles parleront jusqu'à ce que le sommeil les rattrape, et Laure oubliera durant quelques heures qu'elle est en permission – le mot est suffisamment explicite, autant dire en liberté provisoire.

Le lendemain, elle se réveille à l'aube, un filet de lumière grise s'infiltre par le rideau à peine entrouvert. Elle aimerait retrouver cette somnolence matinale du temps d'avant, quand elle était capable de rester au lit, quand elle se laissait emporter par des rêves de surface, entrecoupés de réveils brefs, moelleux, quand elle se retournait sous la couette pour étirer la douceur de la nuit. Elle se lève, il est 7 heures, le silence de l'appartement lui fait peur. La porte de sa chambre reste close, pas de thermomètre, pas de chariot, pas d'allées et venues au pied de son lit pour combler tout ce vide autour d'elle. Elle seule décide si oui ou non elle fera griller le pain, si elle sortira le beurre du frigo, si elle ouvrira l'un des petits pots de confiture qu'elle a rapportés de l'hôpital. Il n'y a pas de spectateurs, pas de témoins de sa bonne volonté, à peine, si on s'y attarde, peut-on entendre le ronflement de la chaudière. Elle a mis de l'eau à chauffer dans la bouilloire, elle prépare un petit plateau sur lequel elle dispose quelques tranches de pain, elle ouvre le paquet de beurre, elle s'attable. Elle mastique avec application son petit déjeuner, suppléments compris.

Elle range toute la matinée, elle vide tout, elle jette, elle fait des petits tas par thèmes, elle ouvre les tiroirs, les boîtes en carton, elle trie les photos, elle réorganise la cuisine, elle nettoie la baignoire, elle trie les vêtements, elle cherche sous l'évier les grands sacs-poubelle. Elle remplit le temps. À midi, elle part déjeuner chez sa mère. Elle rumine un vague sanglot coincé au fond de la gorge.

Depuis quelques semaines, sa mère va mieux. Elle vient souvent voir Laure à l'hôpital. Elle fait des phrases dans l'ascenseur, quand Laure la raccompagne au rez-de-chaussée. La dernière fois, tandis que les portes se refermaient, interrompant le début de quelque chose, un récit peut-être, elle a dit à Laure « je te raconterai ». Laure est remontée au douzième et ces mots insensés, inimaginables, ces mots pourtant sortis de la bouche de sa mère, flottaient au-dessus d'elle, diffusaient dans l'épaisseur de l'air un parfum d'hilarité. Je te raconterai, c'était à peine croyable.

Laure frappe à la porte, la sonnette n'a jamais fonctionné. Sa mère finit de laver la salade, essuie ses mains sur un coin de torchon. Laure reste debout, elle n'arrive pas à s'asseoir. Elle tourne en rond, sans le savoir, elle cherche Louise peut-être. Louise lui manque. Elle boit un jus de pomme à petites gorgées, sa mère a ouvert une bouteille de bière. Laure essaie de parler, de décrire cet état de solitude qui la berce, qui l'écœure. Elle dit c'est pas croyable à quel point on est seul dans la vie, tout seul dans sa boîte, des conneries de ce genre. Sa mère écoute, le nez dans le goulot, et puis soudain elle s'énerve. Les mots sortent de sa bouche, ils se cognent entre eux, ils se bousculent vers la sortie, arrachés un par un, aux forceps. Elle dit tu n'as pas le droit de parler comme ça, Laure, toi que le monde aime, toi que le monde entoure, imagine, Laure, ce que j'ai vécu moi, internée à trente-trois ans, séparée de mes deux filles. Imagine ce que cela représente pour une femme de se retrouver chez les fous, de perdre d'un seul coup son boulot, son appartement, ses enfants. Imagine la solitude, l'enfermement. Crois-moi, je reviens de loin, de plus loin que toi.

C'est comme une énorme gifle, une gifle magistrale. Laure est assommée. Les mots se sont évaporés, ils n'ont pas eu le temps de retomber sur la moquette. Laure voudrait remercier sa mère pour cet instant de révolte, rare, fugace, elle ne peut pas. Elle pleure, c'est déjà ça.

Elles se sont promenées toutes les deux, au hasard, sans but précis. Laure est repassée chez elle prendre ses affaires. Sur son cahier, avant de partir, elle écrit. Elle éteint le chauffage, elle ferme la porte à clé, un double tour. Elle ne sait pas quand elle reviendra. Elle doit retourner à l'hôpital pour une super-fête costumée où la robe de chambre est de rigueur. Charentaises exigées. Il y aura des Nutrigil et des suppléments à gogo, les nutripompes joueront un morceau exceptionnel de ronronnement jazz, on jettera au ciel des comprimés de toutes les couleurs comme des confettis, on rotera en solo ou à plusieurs, on gargouillera de concert, les tortues improviseront un ballet sur l'air de « Ah tu verras, tu verras ». Dans le métro, elle sourit.

Elle retrouve sa chambre comme elle l'avait laissée. Elle dit ma chambre quand elle en parle – viens boire un coup ce soir dans ma chambre – cette chambre comme mille autres, jaune et propre. C'est un peu chez elle, elle sait où se trouvent les choses, comment sont organisés les placards, sur l'étagère du bas sont empilés les pantalons, au-dessus les tee-shirts, les culottes et les chaussettes, tout en haut les pulls. Dans la table de nuit, elle range les Kleenex, les cahiers, les stylos, le carnet alimentaire. La nudité de cet espace la rassure, comme si elle ne possédait rien d'autre que quelques chemises et deux ou trois livres. Elle a peur de l'abondance, elle a peur de ce qui l'attend chez elle, les armoires pleines de vêtements, de lettres, de papiers, la vaisselle. Elle a peur de l'attachement qu'elle éprouve malgré elle pour ces choses, de cette dépendance. Elle a peur de ces objets qu'elle traîne derrière elle comme des casseroles bruyantes. Elle voudrait être capable de tout jeter, ne rien posséder. Ce trop-plein en elle et en dehors d'elle dont elle ne sait que faire.

Anaïs a détaché les photos qu'elle avait accrochées aux murs, elle a rangé sa bouilloire électrique dans la valise. Elle a dit à Laure je ne mérite pas de guérir, je ne mérite rien de tout ça, cette aisance dans laquelle je vis, cette vie trop facile, je suis une mauvaise herbe, une herbe folle.

Anaïs est repartie comme elle était venue. Un petit courant d'air glacial. Elle est restée quinze jours tout au plus, elle avait pris un kilo ou deux. Elle était majeure elle aussi, ses parents ne pouvaient pas l'obliger à rester.

Elle appelle Laure souvent, elle a mal, elle vomit, elle ne sait plus quoi faire. Elle a laissé à Laure une large ceinture en cuir et un tee-shirt rayé. Anaïs lui manque, l'odeur de sa chambre aussi, un parfum qui n'existe nulle part ailleurs, un parfum de sucre, d'enfance.

Elle aurait voulu l'aider, apaiser son tourment.

Jusque-là, Laure s'est laissé faire. Elle a accepté la sonde, elle a respecté les menus, avalé presque tous les suppléments. Plus elle grossit, plus elle augmente par petits bouts insignifiants, insoupçonnables, sa consommation énergétique. Elle va et vient dans l'hôpital, elle danse de plus en plus longtemps sur la radio, elle gigote sur son lit quand elle téléphone. Elle cherche par tous les moyens à dépenser ce qu'elle absorbe, à ralentir une prise de poids qu'elle ne maîtrise plus. Elle étouffe. On la félicite de sa bonne mine, on constate qu'elle tient le bon bout. Elle déborde de partout, elle n'est qu'un gros bout de viande offert en pâture. On essaie de lui faire croire qu'elle est encore maigre, qu'il faudra prendre encore quelques kilos quand elle sortira de l'hôpital. Tous les soirs elle pense en s'endormant aux quinze étages qu'elle pourrait monter la nuit, à grandes enjambées. Tous les soirs elle pense à cette porte que Fatia lui avait montrée, cette petite porte verte qui ressemble aux autres et qui ouvre sur les escaliers de service. Elle cherche une issue, elle sent que le seuil de saturation n'est plus très loin, qu'elle est au bout de ce qu'elle pouvait concéder, que les douze étages se dérobent sous ses pieds.

Elle ne compte plus les jours. Elle s'occupe, elle attend. Elle palpe la chair de ses cuisses, de ses fesses, de ses mollets, elle tire la peau entre ses doigts pour évaluer le poids de ce nouveau corps. Assise, quand elle se baisse un peu vers l'avant, elle croit voir sur son ventre l'amorce d'un bourrelet. Elle voudrait que son corps reste ferme, dense, elle voudrait que ces kilos pris se transforment en armure. Un matin, elle se réveille avant l'heure sacro-sainte du thermomètre. Dans la chambre, il fait encore noir. Ses yeux sont collés, elle peut à peine les ouvrir. Du bout des doigts elle caresse ses paupières gonflées. Elle n'arrive pas à sortir du sommeil, elle a pourtant quelque chose d'important à faire, quelque chose d'impérieux, un commandement qui lui est venu pendant la nuit, confus, inarticulé. Elle se lève d'un bond, elle ouvre la porte de sa chambre, pieds nus elle monte sur la balance, elle fait jouer elle-même les poids, elle l'a vu faire cent fois, doucement, tout doucement pour ne pas faire de bruit. Cette fois, elle ouvre les yeux, les yeux grands ouverts, du bout des doigts, elle cherche l'équilibre, la peur tape dans son ventre. Quarante-huit kilos. Elle redescend. Elle allume la lumière de la salle de bains, le néon du miroir, elle se force à regarder son visage, comme ça, bien en face, son visage encore gonflé de sommeil.

Elle n'ira pas plus loin. C'est non. Pas un gramme de plus.

La journée commence comme les autres, elle s'est glissée sous les draps, Jocelyne fait son entrée, thermomètre à la main. Laure a un programme chargé, elle ne doit pas perdre une minute, elle se lève pour ouvrir le store. Après le petit déjeuner, elle saute sur la douche, elle descend chercher les journaux pour ses voisins, elle redescend au neuvième pour voir Patricia. Au retour, elle fait son menu du lendemain, elle met un peu d'ordre dans sa chambre, elle allume la télé. Elle doit trouver une solution aujourd'hui même. L'infirmière apporte les flacons de Renutryl et en verse deux dans le réservoir. Laure branche la sonde, elle regarde le liquide opaque gagner petit à petit le tuyau transparent, jusqu'à son nez, la machine chantonne, elle la nargue. Laure cherche. Elle a trouvé.

Le soir, vers 17 heures, elle roule son manteau et son écharpe en boule, elle marche vite, elle a une course à faire. Dans une droguerie elle achète une petite louche en aluminium. Elle est très jolie, avec son petit manche en bois. Laure la tient sous son bras dans un petit sac plastique. Elle remonte dans sa chambre, elle est essoufflée. Pendant son absence, l'infirmière est venue verser les deux autres flacons dans le réservoir. Laure attend le soir, après le dîner, pour mettre son plan à exécution.

« Chère Marie-France. Vous aviez bien raison. Les anorexiques sont toutes des fourbes et des menteuses. Moi-même, que vous avez si souvent blessée par vos insinuations douteuses, moi qui avais fini par vous convaincre de mon intégrité, figurez-vous que j'ai trouvé un moyen pas si con de truander mon petit monde. J'en pouvais plus, pour tout vous dire, d'enfler à vue d'œil, j'en pouvais plus d'être gavée comme une oie par ce putain d'engin. Alors vous savez quoi, j'ai acheté une petite louche pour prélever le liquide de renutrition à même le réservoir. Imaginez une grosse cafetière électrique, vous n'avez qu'à soulever le couvercle et faire descendre doucement la louche à hauteur du liquide. Vous la remontez quand elle est pleine, pas trop pour éviter d'en renverser, vous marchez doucement jusqu'au lavabo pour y jeter ce que vous avez pu récupérer, et vous recommencez. Il faut le faire petit à petit, deux ou trois fois dans la journée, pas plus de cent millilitres à la fois, pour ne pas être repérée. Le soir, je force un peu la dose, deux cents, trois cents avant l'extinction des feux. Franchement vous n'imaginez pas le soulagement que cela représente, cinq cents calories vidées au fond du lavabo. »

Laure ne trahit pas le docteur Brunel. Non. Elle continue à manger, elle note chaque repas, chaque jour, sans tricher. La louche, c'est autre chose. Un réflexe de défense, instinctif, un petit bouclier d'aluminium qu'elle manie avec dextérité, un dernier sursaut. Elle n'y pense pas comme à une trahison mais comme à un cas de force majeure. Cachée sous une pile de vêtements au fond du placard, la louche n'est qu'un vulgaire ustensile de cuisine brandi par Lanor, les doigts crispés sur le manche, Lanor qui se débat tant bien que mal. Laure ne sait pas pourquoi mais elle ne peut pas aller plus loin, elle ne peut souffrir un gramme supplémentaire. Elle étouffe dans une combinaison de graisse et de capitulations qu'elle est seule à voir.

À l'approche du but, le docteur Brunel multiplie ses visites. Il passe à n'importe quelle heure, en coup de vent, il revient un peu plus tard, il s'assoit d'une fesse au coin du lit, toujours du même côté. Il a sorti ses antennes des grands jours, ses narines frémissent, il observe. Il veut savoir ce qu'elle pense d'elle-même, comment elle vit avec ce corps à peine viable, comment elle se perçoit, comment elle se projette dans l'avenir. Il sonde. Il questionne. Il lance des piques comme des petits missiles à tête chercheuse, il grignote par morceaux minuscules ce semblant de carapace qu'elle garde encore. Au bout de quelques jours d'inquisition, elle s'effondre. Elle crache le morceau. Il est debout devant elle, tendu, immobile. Elle a peur de guérir, voilà tout. Elle s'accroche à cette maladie comme à la seule façon d'exister. Elle n'a pas d'autre identité, elle défend les vestiges de sa maigreur comme les derniers signes de sa présence. Elle garde au fond d'elle, dans les zones creuses de son corps, entre les côtes, entre les cuisses, un petit nid pour Lanor. Si elle reprend une apparence normale, elle deviendra translucide, comme une petite flaque de graisse fondue au fond d'une poêle. Si elle guérit, elle s'effacera aux yeux du monde, elle se noiera parmi les autres. Elle étouffera en elle, sous une rondeur rassurante, ce cri enroué sorti de l'enfance. Si elle guérit, elle deviendra une jeune femme aux formes insoupçonnables, une adulte, écoutez comme ce mot est laid, comme il est brutal. Il est resté debout, au pied du lit. Il ne répond pas. Il pourrait lui dire qu'il y a d'autres moyens d'exister, qu'elle a tous les atouts entre les mains, qu'il est plus gratifiant d'attirer l'attention parce qu'on est jolie plutôt que parce qu'on a l'air de sortir d'un camp de concentration. Il pourrait lui expliquer qu'on l'aimera pour ce qu'elle est, et non pas parce qu'elle inspire la peur ou la compassion. Il ne dit pas qu'il croit en elle, en cette jeune fille épanouie qu'il lui a si souvent décrite, non, pas cette fois. Il se tait. Il la regarde se moucher bruyamment dans un mouchoir humide et déchiré, il la laisse se débattre contre elle-même. Il lui laisse le temps de toucher de la paume l'impasse dans laquelle elle se trouve, d'abîmer la peau de ses mains sur le mur de crépi. Il lui laisse le temps de prendre la mesure des semaines derrière elle, de sentir battre en elle, à peine perceptible, ce désir atomique, embryonnaire : guérir.

Les louches dérobées produisent l'effet escompté. En une semaine, elle ne prend que cinq cents grammes. Le docteur Brunel lui fait remarquer qu'une prise de poids ralentie peut être une façon d'exprimer son angoisse de la sortie, je te laisse y réfléchir.

Est-ce que vous m'aimerez, si je guéris, est-ce que vous garderez toujours, au fond de vous, le souvenir de mes sanglots ? Est-ce que vous parlerez de moi quand j'aurai quitté cette chambre, quand je serai hors de votre portée ? Est-ce que vous penserez à moi, parfois, quand vous évoquerez cet amour entier, cet amour si pur que d'autres vous ont offert, que d'autres vous offriront ?

Est-ce que vous saurez nourrir ce souvenir de moi, pour que ces moments ne meurent jamais, pour que ce lien qui m'attache à vous jamais ne s'efface, jamais ne se rompe ?

Un vent chaud est venu caresser son corps fébrile. Un vent du désert. Un vent terrible, terriblement tendre, balaie les couloirs, balaie la nuit.

Quelqu'un l'appelle qui lui promet la vie. Ses mots traversent l'obscurité, emportent tout, font taire les cris, font taire le silence.

11

Dehors, la lumière se brise en mille particules libres et blanches, les arbres sont nus. Elle colle son nez à la vitre, elle distingue à peine les silhouettes qui s'éloignent. La vie est dehors. La vraie vie. Laure a peur de sortir, elle en meurt d'envie aussi. Elle doit réapprendre à vivre seule, à s'occuper d'elle-même. Elle doit quitter cette chambre surchauffée dont les fenêtres ne s'ouvrent pas, ces horaires immuables, ces rituels conjugués, brandis contre l'errance. Elle n'est pas sûre d'en être capable. Elle sait pourtant que c'est maintenant ou jamais. Que l'heure est venue de refaire les bagages, de vider l'armoire, de décrocher les collages du mur. De faire place nette. D'un côté la sortie, impérieuse, nécessaire, de l'autre un ultime kilo auquel elle ne peut se contraindre. Elle oscille, elle vacille.

La nuit, elle imagine ruses et subterfuges pour truander à la pesée. Truander, c'est ce mot qu'elle utilise quand elle y pense, quand elle écrit. Cette fois, il n'y en a pas d'autres. Un soir, avant que sa mère arrive, elle sort. Elle a une course à faire. Au retour, elle marche vite, un petit sac en plastique se balance au bout de son bras, il cogne contre sa jambe. Elle tombe nez à nez avec la diététicienne. Sur le boulevard, leurs regards se croisent un instant, une seconde à peine, Laure ne dit rien, elle ne ralentit pas, elle sourit. Quand elle s'arrête un peu plus loin pour traverser, Laure interroge cette image gardée en elle, le visage de la diététicienne qui la regarde. Elle y cherche un sentiment – colère, étonnement, indulgence ? – comme un avant-goût de ce qui l'attend. Estomaquée, voilà tout, elle avait l'air estomaqué. Elle ne dira rien de cette rencontre. En tout cas, Laure n'en entendra jamais parler.

Le lendemain, elle glisse le sac de riz dans le large ceinturon de cuir qu'Anaïs lui avait laissé. Sous la chemise, on ne voit rien. Un kilo de riz collé contre le corps. Elle se glisse sous les draps, elle attend qu'on l'appelle. Sur la balance, les jambes tremblent un peu. Quarante-neuf kilos et neuf cents grammes. L'infirmière relève la tête et offre à Laure un sourire victorieux. Laure retourne dans sa chambre à petits pas, de peur que l'objet du délit lui tombe entre les jambes. Toute la journée elle se débat, elle cherche à démêler dans son ventre ce mélange de sentiments, la honte, la culpabilité, mais aussi le soulagement. Le docteur Brunel passe après le goûter. Il est content. Il dit qu'on peut enlever la sonde demain, qu'il faudra attendre une semaine pour s'assurer que le poids se stabilise. La sortie est imminente. Théorique, inimaginable, l'échéance s'approche soudain comme à la vitesse du son, on peut même en préciser le jour, allez, mardi ou mercredi prochain si tout va bien. Laure essaie de ne pas y penser. Elle attend ce moment autant qu'elle le redoute.

Elle se regarde dans la glace. On a retiré le tuyau qui sortait de son nez, on a enlevé le sparadrap sur sa joue, elle ne se reconnaît plus. Elle cherche machinalement le bout de plastique qui dansait derrière son oreille. C'est comme une dent qu'on aurait arrachée, qu'on cherche, longtemps après, du bout de la langue. Un avant-goût de liberté. Elle est maître du jeu, tout repose maintenant sur ce qu'elle mange, elle est seule responsable des entrées et des sorties. Des recettes et des dépenses. Sans la sonde, les dernières figures s'exécutent au-dessus du vide. Sans filet. L'interne est venu la voir, seul. Elle sortira à cinquante kilos, ils ne lui feront pas cadeau de cent grammes. Laure fulmine. Qu'est-ce qu'il en sait lui, de la vie, ce petit coq dans sa blouse blanche, avec sa gueule de gendre idéal, si elle se joue à cent grammes près ? Compte tenu du kilo de riz qu'elle doit tenir prêt pour la prochaine pesée, auquel elle peut ajouter une ou deux tasses de thé avalées en catimini avant le petit déjeuner officiel, une grosse paire de chaussettes, le pipi de la nuit qu'elle peut garder pour plus tard, Laure calcule qu'elle doit se maintenir à quarante-huit kilos et cinq cents grammes, pour en afficher cinquante sur la balance. Il ne lui reste plus qu'à espérer qu'il ne leur viendra pas l'idée de la peser par surprise.

12

De cette dernière semaine à l'hôpital, Laure n'a rien écrit. Plus tard, quand elle ouvrira ces petits cahiers griffonnés au jour le jour, tachés, déchirés, elle trouvera seulement cette phrase, minuscule, écrite quelques heures avant la sortie : j'ai peur.

Le matin, elle est montée sur la balance, elle avait bu du thé, elle n'avait pas fait pipi, elle avait serré au maximum le kilo de riz dans la ceinture. Cinquante kilos tout ronds. La veille, on lui avait fait choisir son menu du jour, au cas où. Le docteur Brunel est venu de bonne heure, juste après le petit déjeuner. Il avait peur aussi, ça se voyait. Il savait pourtant que cela ne servait à rien de prolonger l'hospitalisation, que le reste devait se jouer ailleurs. Elle lui a dit un jour que si elle rechutait, ce chemin qu'elle venait de faire – les tisanes, les bouillottes, la sonde, cette remontée lente et balbutiante – elle ne pourrait pas le faire une deuxième fois. Qu'elle n'en aurait pas la force.

Il l'a laissée ranger ses affaires, il est revenu un peu plus tard, pour lui dire au revoir. Il savait à quel point elle était fragile en ce jour de décembre, son gros sac sur l'épaule, il savait qu'elle pouvait basculer d'un côté comme de l'autre, que ce petit édifice d'os et de graisse tenait en équilibre comme un jeu de mikado.

Elle n'a jamais rien dit de ce kilo qu'elle lui avait volé.

Parce qu'il ne l'a jamais pesée à l'improviste, parce qu'il n'a jamais demandé à quiconque de le faire, il l'a sortie de ce mensonge comme du reste. Il l'a laissée partir avec ce kilo imaginaire, cette petite victoire remportée à l'arraché, qui suffisait sans doute à gommer les capitulations profondes qui l'avaient précédée. Il l'a laissée partir, comme cette première fois où elle était venue le voir, il lui a donné sa confiance, cette confiance intacte qu'elle ne pourrait plus jamais trahir, il aurait voulu sans doute fourrer dans son sac cette énergie vitale, vivante, qu'il avait pour elle et qu'il aurait pour toutes les autres, pour les sortir de là.

Laure a écrit miette par miette ces semaines épuisées à se battre contre elle-même. Le temps au compte-gouttes qu'elle regardait couler au bout de son stylo, ce temps suspendu, asphyxié. Elle dévorait comme un ogre pour maintenir son poids de sortie, elle avait collé sur le réfrigérateur le programme de la diététicienne, c'était un comble, quand même, toute cette bouffe qu'il fallait ingurgiter.

Laure venait en consultation, le mercredi. Elle attendait sur son siège en plastique vert que la porte s'ouvre, qu'il l'appelle, Laure c'est à toi. Elle aurait voulu camper là, s'endormir sur la table d'auscultation, rester près de lui pour ne plus avoir peur. Elle venait sangloter dans le bureau du docteur Brunel, elle remplissait sa corbeille de mouchoirs en papier. Il était seul à savoir qu'elle luttait de tout son corps, qu'elle luttait à chaque instant pour garder intact ce désir de vivre qu'elle avait retrouvé. Il la portait à bout de bras, il répondait à ses lettres, à ses appels, il construisait avec elle une nouvelle armure de sel et de confidences. Elle voulait guérir. Ce n'était pas seulement une histoire de graisse sur les os, il l'avait compris. Elle repartait chez elle en rêvant aux kilos qu'elle lui offrirait bientôt, ces kilos épanouis qu'elle serait capable de prendre seule, dans la vraie vie. Cette vie qu'elle saurait prendre un jour à bras-le-corps.

De cette année elle porte la trace indélébile, une cicatrice indolore. Le prix qu'elle a payé.

8809

Composition
Nord Compo

Achevé d'imprimer en France (La Flèche)
par CPI BRODARD et TAUPIN
le 4 décembre 2008. 49844

Dépôt légal décembre 2008.
EAN 9782290013380

ÉDITIONS J'AI LU
87, quai Panhard-et-Levassor, 75013 Paris

Diffusion France et étranger : Flammarion